ADOLPHE JULLIEN

LA COMÉDIE

A LA COUR DE LOUIS XVI

LE THÉATRE DE LA REINE A TRIANON

D'APRÈS DES DOCUMENTS NOUVEAUX ET INÉDITS

PARIS

J. BAUR, ÉDITEUR

LIBRAIRE DE LA SOCIÉTÉ DE L'HISTOIRE DE L'ART FRANÇAIS

11, RUE DES SAINTS-PÈRES, 11

1875

LA

COMÉDIE A LA COUR DE LOUIS XVI

LE THÉATRE DE LA REINE A TRIANON

AUTRES OUVRAGES DU MÊME AUTEUR

EN VENTE A LA MÊME LIBRAIRIE

Histoire du Théâtre de Mme de Pompadour, dit **Théâtre des Petits-Cabinets**; un volume grand in-8°, avec une eau-forte de Martial, d'après Boucher.

La Musique et les Philosophes au dix-huitième siècle; une brochure in-8°.

L'Opéra en 1788, Documents inédits extraits des Archives de l'État; une brochure in-8°.

Extrait de la REVUE DE FRANCE

TIRÉ A 275 EXEMPLAIRES

dont 25 sur papier vergé

PARIS. — TYPOGRAPHIE A. POUGIN, 13, QUAI VOLTAIRE. — 1976.

LA

COMÉDIE A LA COUR DE LOUIS XVI

LE THÉATRE DE LA REINE A TRIANON

La plupart des écrivains qui se sont occupés de Marie-Antoinette n'ont pas manqué de parler de sa passion pour les jeux du théâtre et de la troupe dramatique et lyrique qu'elle avait organisée à Trianon avec ses amis pour jouer la comédie ; mais ceux-là mêmes, comme M. de Lescure et les frères de Goncourt, que ce sujet piquant aurait pu tenter, n'ont guère fait que l'esquisser d'un trait rapide. Le rédacteur des *Mémoires de Fleury* a bien consacré un chapitre aux spectacles de Trianon; mais ce livre, écrit au courant de la plume en un temps où la vogue était aux mémoires apocryphes, est, à l'examiner de près, bourré d'erreurs de dates et de faits, et tient bien moins de l'histoire que du roman. Ce sujet, pour n'être pas inexploré, est donc encore nouveau. Si l'on rencontre en effet nombre de légers aperçus, tous copiés l'un sur l'autre à la file, il n'existe pas d'annales complètes et précises du théâtre de la reine à Trianon. Nous allons en retracer l'histoire avec tous les développements qu'il mérite, de façon à restituer à ces spectacles intimes leur véritable physionomie politique et artistique, comme nous avons déjà fait pour la troupe particulière de Mme de Pompadour. Le théâtre de la reine, comme celui de la favorite, était organisé à l'exemple des spectacles de la capitale; et les acteurs eux-mêmes semblaient prendre leurs distractions au sérieux. Il n'est donc que juste de les juger sérieusement et de retracer l'histoire de chacune de ces troupes, comme on ferait de véritables théâtres.

Les documents à consulter sur le théâtre de Marie-Antoinette sont loin d'être aussi nombreux et aussi précis que ceux concernant le théâtre de Mme de Pompadour. Quand il s'agissait de la favorite, nous n'avions pas moins de trois historiens qui, se plaçant à des points de vue opposés, se corroboraient ou se corrigeaient mutuellement : l'un, simple annaliste et fournisseur attitré du théâtre, l'auteur dramatique Laujon; l'autre, courtisan bien en cour et panégyriste enthousiaste, le duc de Luynes; le troisième enfin, seigneur disgracié et critique intraitable, le marquis d'Argenson. Pour les divertissements de Marie-Antoinette, qui avaient bien moins d'éclat et devaient être tenus plus secrets, nous devons colliger avec soin les renseignements incomplets qui se trouvent épars dans les mémoires secrets, correspondances littéraires ou lettres privées de l'époque; mais tous ces documents n'ayant pas été rédigés sur l'heure, il en résulte souvent des contradictions de fait et des impossibilités matérielles qu'une révision scrupuleuse peut seule faire discerner. Nous ne nous sommes renseignés qu'auprès des écrivains contemporains et avons contrôlé leurs rapports par un examen réciproque; nous n'avons pas cru pourtant devoir relever en détail les erreurs de nos devanciers, mais en cas de contradiction, on peut se fier sans crainte à notre travail : nous n'y avançons rien que nous n'ayons vérifié.

Nous avions en effet à notre disposition de précieux documents publiés tout récemment. Outre les papiers des Archives de l'État, que nous avons mis à contribution, nous trouvons, — au moins jusqu'en novembre 1780, — un guide sûr et inépuisable dans le comte de Mercy-Argenteau, ambassadeur de l'Empire et confident de l'impératrice Marie-Thérèse. M. d'Arneth, directeur des Archives de la Maison impériale et de l'État d'Autriche, vient précisément de publier, avec le concours de M. Geffroy, la correspondance secrète que la grande impératrice et son ministre entretinrent pendant dix ans, au sujet de Marie-Antoinette, avec une ponctualité et une précision extrêmes : les rapports du ministre comme les lettres de sa souveraine sont conservés aux Archives impériales d'Autriche [1]. Lorsque Marie-Thérèse se sépara de sa chère fille pour l'élever au trône de France, elle ne se contenta pas de rédiger et de lui remettre au jour du départ ce « règlement à lire tous les

1. 3 vol. in 8°. Chez Firmin Didot, 1874.

mois,» écrit en un si beau langage et plein de si nobles pensées; elle exigea que chaque courrier de France lui apportât, outre la correspondance officielle, les informations particulières et secrètes de son ambassadeur. De plus, comme elle pouvait être amenée à laisser voir ces rapports à son fils, l'empereur Joseph II, ou au prince de Kaunitz, elle voulut que ces renseignements intimes fissent l'objet d'une feuille à part, secrétissime, marquée de ces mots : *Tibi soli*. L'extrême confiance de Marie-Thérèse avait délégué à Mercy une fonction encore plus délicate que celle d'informateur, celle de conseiller. Il recevait bien à la fois les confidences de la fille et de la mère, mais il n'appartenait en propre qu'à cette dernière : il suggérait à l'une et à l'autre les termes de leurs lettres respectives et était, dans les circonstances délicates, chargé de dispenser, selon l'heure favorable, à la reine de France les conseils de sa mère. C'est ainsi que pendant dix ans, Mercy, ayant reçu en quelque sorte délégation de l'autorité maternelle, exerça sur Marie-Antoinette une tutelle de chaque jour qui resta absolument ignorée de tous et d'elle-même.

I

Marie-Antoinette, n'étant encore que Dauphine, commença à s'exercer secrètement dans les jeux de la scène auxquels la reine devait prendre plus tard un si vif plaisir, et le prendre au grand jour. Dans les premiers temps de son séjour à la cour de France, la jeune princesse cherchait surtout dans la musique une diversion aux ennuis de la représentation royale, et Mercy-Argenteau signale souvent à Marie-Thérèse le goût et l'ardeur que la Dauphine marquait alors pour le chant, la harpe et le clavecin; mais ces distractions solitaires n'étaient pas très-gaies pour une princesse de seize ans, et Marie-Antoinette se trouvait comme isolée dans cette cour attristée par la vieillesse morose du roi. Les mariages successifs du comte de Provence et du comte d'Artois avec les filles du roi de Sardaigne, donnèrent enfin à l'archiduchesse deux compagnes à peu près de son âge. Ces trois ménages ne tardèrent pas à se rapprocher plus par l'attrait de l'âge que par véritable sympathie; les jeunes femmes allèrent jusqu'à confondre leur dîner en un seul, au mépris de l'étiquette, et s'unirent pour conjurer l'ennui mortel de la cour. L'idée de jouer la comédie germa bientôt dans ces têtes de vingt ans et fut aussitôt mise à exécution, mais ce spectacle intime eut une existence très-éphémère. Les seuls renseignements précis sur ce premier essai nous sont fournis par Mme Campan, lectrice de Mesdames et première femme de chambre de la reine.

Les jeunes princesses voulurent animer leur société intime d'une façon utile et agréable. On forma le projet d'apprendre et de jouer toutes les bonnes comédies du Théâtre-Français; le Dauphin était le seul spectateur; les trois princesses, les deux frères du roi, et MM. Campan père et fils, composèrent seuls la troupe; mais on mit la plus grande importance à tenir cet amusement aussi secret qu'une affaire d'État : on craignait la censure de Mesdames, et on ne doutait pas que Louis XV n'eût défendu de pareils amusements s'il en avait eu connaissance. On choisit un cabinet d'entre-sol où personne n'avait besoin de pénétrer pour le service. Une espèce d'avant-scène, se détachant et pouvant s'enfermer dans une armoire, formait tout le théâtre. M. le comte de Provence savait toujours ses rôles d'une façon imperturbable; M. le comte d'Artois assez bien; il les disait avec grâce : les princesses jouaient mal. La Dauphine s'acquittait de quelques rôles avec finesse et sentiment. Le bonheur le plus réel de cet amusement était d'avoir tous des costumes très-élégants et fidèlement observés. Le Dauphin prenait part aux jeux de la jeune famille, riait beaucoup de la figure des personnages, à mesure qu'ils paraissaient en scène, et c'est à dater de ces amusements qu'on le vit renoncer à l'air timide de son enfance, et se plaire dans la société de la Dauphine.

Le désir d'étendre le répertoire des pièces que l'on voulait jouer et la certitude que ces amusements seraient entièrement ignorés avait fait admettre mon beau-père et mon mari à l'honneur de figurer avec les princes.

Je n'ai su ces détails que longtemps après, M. Campan en ayant fait un secret; mais un événement imprévu pensa dévoiler tout le mystère. La reine ordonna un jour à M. Campan de descendre dans son cabinet pour chercher quelque chose qu'elle avait oublié; il était habillé en Crispin et avait même son rouge; un escalier dérobé conduisait directement de cet entre-sol dans le cabinet de toilette. M. Campan crut y entendre quelque bruit, et resta immobile derrière la porte qui était fermée. Un valet de garde-robe, qui en effet était dans cette pièce, avait de son côté entendu quelque bruit, et, par inquiétude ou par curiosité, il ouvrit subitement la porte; cette figure de Crispin lui fit si grande peur, que cet homme tomba à la renverse en criant de toutes ses forces : au secours! Mon beau-père le releva, lui fit entendre sa voix, et lui enjoignit le plus profond silence sur ce qu'il avait vu. Cependant, il crut devoir prévenir la Dauphine de ce qui était arrivé; elle craignit que quelque autre événement de la même nature ne fît découvrir ces amusements : ils furent abandonnés[1].

Ces délassements furent tenus assez secrets pour échapper à la

1. *Mémoires de Mme Campan*, ch. III. Et Mme Campan, qui voit toujours le bon côté des choses, ajoute : « Cette princesse s'occupait beaucoup, dans son intérieur, de l'étude de la musique et de celle des rôles de comédie qu'elle avait à apprendre; ce dernier exercice avait eu au moins l'avantage de former sa mémoire et de lui rendre la langue française encore plus familière. »

clairvoyance du comte de Mercy-Argenteau, qui n'en dit rien à l'impératrice, même dans ses lettres secrétissimes [1]. Le témoignage de madame Campan, qui avoue elle-même n'avoir eu connaissance de ces jeux de société que longtemps après qu'ils avaient pris fin, est trop précis pour être mis en doute; il nous suggère pourtant quelques réflexions contradictoires. Il faut d'abord remarquer que le temps fut très-court pendant lequel ces représentations purent avoir lieu, car le mariage du comte d'Artois avec la princesse de Savoie ne fut célébré qu'à la mi-décembre 1773 et le roi mourait le 10 mai suivant. De plus, durant cette période, Mercy-Argenteau se montre inquiet de l'hostilité sourde qui couve entre la Dauphine et les princesses de Savoie et du mauvais vouloir que celles-ci marquaient à leur belle-sœur. Il écrit notamment le 22 mars à Marie-Thérèse : « J'ai cru ne pouvoir traiter que superficiellement dans mon très-humble rapport ostensible, quelques articles dont les détails me paraissent devoir être exposés à V. M. seule. Cela regarde particulièrement les effets de la jalousie qui s'élève dans l'intérieur de la famille royale contre madame la Dauphine, et, quoique je n'aie cité à cet égard que Mesdames, je ne suis que trop dans le cas de devoir également faire mention des autres princes et princesses. Il suffira de déduire quelques particularités, desquelles V. M. daignera tirer les conséquences qui en résultent relativement à la totalité de l'objet. Quoique madame la Dauphine n'ait cessé de combler de prévenances et de bontés madame la comtesse d'Artois, cependant cette princesse, dont le caractère s'annonce aussi mal que sa figure, au lieu de marquer de la sensibilité et de la reconnaissance aux procédés de madame l'archiduchesse, a paru les éprouver d'un air d'indifférence que j'attribuai d'abord à un défaut d'esprit; mais d'autres petites circonstances viennent de faire connaître qu'il y entre de la mauvaise volonté... D'un autre côté, madame la comtesse de Provence, sous le dehors de la complaisance et de l'amitié, cherche à se masquer vis-à-vis de madame la Dauphine, qui n'est point facile à détromper sur de semblables apparences, parce que sa candeur, sa franchise et son excellent caractère l'éloignent de tout soupçon envers les autres. Cependant un heureux hasard vient de lui faire découvrir une insigne fausseté de la part de madame de Provence, et j'en ai tiré bon parti pour convaincre madame l'archiduchesse de la réalité de mes observations sur madame sa belle-sœur. » Si Mercy-Argenteau

1. On n'en trouve non plus aucune mention dans le *Journal manuscrit de Louis XVI*.

ne s'alarmait pas à tort, il est assez singulier de voir trois jeunes femmes, dont le caractère ne concordait pas à merveille, faire ainsi trêve à de petites querelles d'amour-propre, pour se réunir en comité aussi intime et jouer la comédie entre elles. Un ardent besoin de distractions pouvait seul leur faire oublier ces « misérables piquanteries. »

Lorque Marie-Antoinette fut devenue souveraine, elle ne marqua d'abord aucun désir de reprendre ces divertissements, de peur sans doute que le roi désapprouvât chez la reine un genre de distraction qu'il avait permis à la dauphine, mais elle essaya de l'amener lentement à cette idée de la voir jouer la comédie. Les séjours qu'on faisait chaque année à Choisy lui offraient une occasion favorable pour distraire le roi par des spectacles. Louis XVI avait précisément un secret penchant pour les pièces comiques et en particulier pour les parodies. Quelques années auparavant, il avait été tellement diverti par une parodie d'*Alceste* jouée devant lui à Trianon, qu'il avait chargé La Ferté d'en faire compliment aux auteurs, Auguste Desprès et Grenier, et de les inviter à continuer d'écrire des pièces aussi amusantes[1].

Plus récemment, le roi n'avait pas dédaigné de s'entendre avec les comédiens pour fronder la mode des courses de chevaux, importée d'Angleterre, qui commençait à se répandre, et dont le comte d'Artois était un des plus ardents promoteurs. Au mois de novembre 1776, lors du séjour de la cour à Fontainebleau, tous les seigneurs s'étaient passionnés pour une grande course où devait paraître pour la première fois un cheval mystérieux, nommé *le Roi Pépin*, appartenant au comte d'Artois. Il n'y avait pas moins de 3,800 louis de paris consignés à Paris, chez le notaire Clos Dufresny. Des amateurs d'Angleterre étaient venus pour assister à cette course, et l'un d'eux avait offert un pari de 10,000 louis contre le cheval du comte d'Artois. On ne s'accordait pas d'ailleurs sur le mérite de cet animal : les connaisseurs anglais le jugeaient très-sévèrement; aucuns disaient même qu'il était usé, et que l'ancien propriétaire qui l'avait vendu au comte d'Artois pariait contre sous un faux nom. Le duc de Chartres tenait contre le comte d'Artois. Pour le roi, il dédaignait ces distractions futiles et avait manifesté l'intention de proscrire les courses de chevaux; cependant, pressé par les sollicitations de son cousin et de la reine, que ces folles distractions amusaient beaucoup, il avait fini par céder et devait assister pour la première fois à ce spectacle. Le comte

1. *Mémoires secrets*, 6 août 1776.

d'Artois lui avait même demandé de parier en sa faveur; le roi parut consentir, et, pressé de s'expliquer, dit qu'il risquerait bien jusqu'à un écu de 3 livres : le comte d'Artois se retira assez dépité. La course eut lieu le 19 novembre et son cheval fut battu [1].

A quelque temps de là, les comédiens français vinrent représenter à la cour le *Don Japhet d'Arménie*, de Scarron. Le roi, pour s'amuser, donna le mot aux coryphées de la cavalcade, et leur recommanda d'imiter toutes les allures, attitudes et simagrées de la reine et du comte d'Artois à cette fameuse course de Fontainebleau; il prit même soin de les faire répéter en personne. Cette farce fut exécutée avec tant de vérité que la reine et le prince se reconnurent aussitôt. Leur premier mouvement fut de se fâcher d'une pareille audace, mais l'affectation que le roi mettait à rire et à applaudir leur fit juger qu'il était d'intelligence avec les acteurs, et ils prirent sagement le parti d'applaudir leur propre caricature. Le roi fut tellement ravi de ce spectacle qu'il voulut que tous les acteurs, farceurs et suivants de la troupe « eussent bouche à cour » ce jour-là, et il les fit copieusement régaler [2].

Nous relèverons en passant un fait qui montrera quelle fantaisie règne dans les prétendus *Mémoires* de Fleury. On y lit que la reine

1. *Mémoires secrets*, du 7 au 14 novembre 1776. — Mercy-Argenteau juge ainsi ces distractions hippiques. « Le séjour à Fontainebleau, écrit-il à l'impératrice le 18 décembre, avait été terminé par une course de chevaux anglais, rendue intéressante par les paris considérables dont elle devait décider. M. le comte d'Artois y avait mis au jeu pour au delà de cent mille francs; son fameux cheval de course perdit, et le jeune prince en fut affecté d'une douleur que sa vivacité naturelle rendit très-démonstrative et même peu décente. La reine y prit plus de part qu'il n'aurait été à désirer, et le roi, qui, par complaisance pour la reine, s'était trouvé, cette seule fois, au spectacle dont il s'agit, en fut très-mécontent, soit par rapport au fond de l'objet, soit par rapport à l'espèce de désordre, de confusion et de pêle-mêle qu'il occasionnait. La reine est elle-même bien convaincue du peu de raison et de convenance qu'il y a à ces imitations anglaises. Elle a exhorté plusieurs personnes à tâcher de guérir M. le comte d'Artois; mais il a été représenté à Sa Majesté que son désir à cet égard n'était nullement d'accord avec la conduite qu'elle tenait, et qu'aussi longtemps qu'elle marquerait tant d'empressement à aller à ces courses, il serait impossible de persuader M. le comte d'Artois de s'en détacher. Ces fâcheux amusements finirent par donner lieu à une scène tragique. Deux Anglais se prirent de querelle, se défièrent en duel et allèrent terminer leur différend sur le territoire de Votre Majesté, à Quiévring. Les combattants se blessèrent tous deux à coup de pistolet. L'un de ces Anglais se comporta assez mal; c'était le même étourdi nommé Fitz Gérald, qui avait souvent amusé la reine à la chasse en sautaut des barrières et hasardant des tours périlleux qui lui avaient valu plus d'attention et plus d'accueil que ne méritaient ces sortes d'extravagances. » Voir aussi sur ce sujet le rapport ostensible de Mercy (15 novembre 1778) et la note secrète du même jour qui le commente.

2. *Mémoires secrets*, 23 février 1777.

reprit goût au théâtre à propos de la lecture d'une pièce de Dorat, qu'elle voulut bien entendre à la sollicitation de M. de Cubières. « Molé lut pour l'auteur, dit Lafitte, et mit tant de prestige dans son débit que les souvenirs des amusements passés se réveillèrent; le petit comité de Sa Majesté s'occupa bientôt de former une troupe dans l'intérieur du palais. » Ce récit dit précisément le contraire de la vérité, car cette malheureuse lecture et la mésaventure qui s'ensuivit détournèrent la reine, pour un temps, de s'occuper d'affaires théâtrales et de patronner des auteurs. Le récit tout simple et tout vrai de Mme Campan est bien plus joli que l'histoire imaginée par Lafitte :

La reine avait éprouvé des désagréments pour avoir fait représenter la tragédie du *Connétable de Bourbon* aux fêtes du mariage de Mme Clotilde, sœur du roi, avec le prince de Piémont. Paris et la cour blâmèrent l'inconvenance des rôles que jouaient dans cette pièce les noms de la famille régnante et la puissance avec laquelle on contractait une nouvelle alliance. Une lecture de cet ouvrage, faite par le comte de Guibert dans les cabinets de la reine, avait produit dans le cercle de Sa Majesté ce genre d'enthousiasme qui éloigne les jugements sains et réfléchis. Elle se promit bien de ne plus entendre de lectures. Cependant, à la sollicitation de M. de Cubières, écuyer du roi, la reine consentit à se faire lire une comédie de son frère. Elle avait réuni son cercle intime : MM. de Coigny, de Vaudreuil, de Besenval, et Mmes de Polignac, de Châlon, etc.; et, pour augmenter le nombre des jugements, elle admit les deux Parny, le chevalier de Bertin, mon beau-père et moi. Molé lisait pour l'auteur. Je n'ai jamais pu m'expliquer par quel prestige cet habile lecteur fit généralement applaudir à un ouvrage aussi mauvais que ridicule. Sans doute que l'organe enchanteur de Molé, en réveillant le souvenir des beautés dramatiques de la scène française, empêcha d'entendre les pitoyables vers de Dorat-Cubières. Je puis assurer que les mots : *Charmant! charmant!* interrompirent plusieurs fois le lecteur. La pièce fut admise pour être jouée à Fontainebleau, et, pour la première fois, le roi fit baisser la toile avant la fin de la comédie. Le titre en était *le Dramomane* ou *le Dramaturge*. Tous les personnages mouraient empoisonnés par un pâté. La reine, très-piquée d'avoir recommandé cette ridicule production, prononça qu'elle n'entendrait plus de lecture, et cette fois elle tint parole[1].

Mme Campan dit un peu plus loin :

La reine, pendant les années qui s'écoulèrent de 1775 jusqu'en 1781, se trouvait à l'époque de sa vie où elle se livra le plus aux plaisirs qui lui étaient offerts de toutes parts. Il y avait souvent, dans les petits voyages de Choisy, spectacle deux fois dans la même journée : grand opéra, comédie française ou italienne à l'heure ordinaire, et, à onze

1. *Mémoires de Mme Campan*, ch. VII.

heures du soir, on rentrait dans la salle de spectacle pour assister à des représentations de parodies, où les premiers acteurs de l'Opéra se montraient dans les rôles et sous les costumes les plus bizarres. La célèbre danseuse Guimard était toujours chargée des premiers rôles; elle jouait moins bien qu'elle ne dansait; sa maigreur extrême et sa petite voix rauque ajoutaient encore au genre burlesque dans les rôles parodiés d'*Ernelinde* et d'*Iphigénie* [1].

Cette parodie de l'opéra d'*Ernelinde* avait obtenu le plus grand succès à la cour. Jouée d'abord à Paris, chez la Guimard [2], elle fut représentée une seconde fois, à Choisy, en octobre 1777, la veille du départ de la cour pour Fontainebleau. Le roi fut tellement ravi qu'il fit attribuer une pension à l'auteur, le danseur Despréaux. « On peut juger par cette faveur, ajoutent les *Mémoires secrets* (12 octobre), combien sa Majesté a encore l'ingénuité du bel âge et aime à rire. On était assez embarrassé jusqu'à présent de lui connaître aucun goût en ce genre, et le voilà découvert. »

Le succès de cette parodie, qui avait si fort amusé le roi, engagea les gentilshommes de la chambre à faire composer au plus vite d'autres pièces du même genre, et de plus grivoises encore. C'est ainsi que fut écrite et exécutée peu de jours après à Choisy, devant le roi et la reine qui s'en divertirent beaucoup, *la Princesse A, E, I, O, U*. « Cette parade est des plus équivoques et des plus dégoûtantes, disent les *Mémoires secrets*, pour quelqu'un qui ne porterait pas à ce genre de spectacle une certaine bonhomie... Du reste, on n'y trouve rien contre les bonnes mœurs, mais une gaieté polissonne et des propos si poissards qu'on a été obligé d'avoir recours aux poissardes les plus consommées pour exercer et styler les acteurs. Les hommes étaient habillés en femmes et les femmes en hommes : c'était une déraison, une farce générale. » On eut l'idée aussi de parodier l'effroyable ballet de *Médée et Jason*, et l'on travestit en scène burlesque cette tragi-pantomime.

A quelques jours de là, disent méchamment les gazetiers, les poissardes qu'on avait convoquées à Choisy pour styler les acteurs de *la Princesse A, E, I, O, U*, sollicitèrent humblement une pension et l'honneur d'être revêtues d'un titre consacrant les services qu'elles avaient rendus en aidant aux plaisirs de la cour. L'histoire ne dit pas ce qu'il advint de cette requête, mais on eut de nouveau

1. *Mémoires de Mme Campan*, ch. VII.

2. « Samedi, après la répétition d'*Armide*, on a exécuté chez Mlle Guimard, sur son théâtre de la Chaussée-d'Antin, une parodie d'*Ernelinde* qui a singulièrement réjoui toute l'assemblée. Elle était composée des plus grands seigneurs, de plusieurs princes du sang et des filles les plus célèbres par leurs talents ou par leur opulence. » (*Mémoires secrets*, 22 septembre 1777.)

recours aux leçons des maîtresses poissardes, et le sieur Sauvigny, ayant été chargé de composer un divertissement que le comte d'Artois devait offrir à la reine, dans le petit château qu'il faisait construire au bois de Boulogne, il lui fut recommandé de mettre dans cette pièce beaucoup de grosse gaîté, de turlupinades, de s'inspirer enfin des chefs-d'œuvre de Vadé, le maître reconnu du genre poissard[1]. La reine goûtait médiocrement les farces grossières et, si elle s'y prêtait et affectait de s'en amuser, c'était pour distraire le roi, lui inspirer le goût des représentations intimes et peut-être l'amener à la laisser monter sur la scène.

Vers la fin de cette année, la reine parut se lasser de cette profusion de divertissements; le jeu et la danse dont elle s'était éprise jusqu'à la fureur ne l'amusaient plus, et elle se montrait surtout préoccupée du désir et de l'espoir de devenir mère. Mercy profita en hâte de cet heureux changement pour essayer de la persuader qu'elle devait enfin adopter un genre de vie plus favorable à son tempérament, qu'elle devait se livrer aux réflexions que comporte l'état d'une grande princesse, reine et mère de famille, en fuyant les frivolités, la dissipation, en ne prenant que des distractions modérées et raisonnables. « La reine m'écoute avec un peu plus d'attention, écrit-il à Marie-Thérèse le 22 décembre 1777, parce que sa propre expérience lui prouve que j'ai prédit des vérités qui commencent à se faire sentir. La reine a daigné m'avouer depuis peu que son goût pour le jeu diminuait; que les bals, les spectacles lui devenaient assez indifférents et que souvent elle était embarrassée de trouver des moyens qui la garantissent de l'ennui. J'ai fait observer que tout cela était une conséquence nécessaire de l'abus des amusements, que la reine avait à cet égard épuisé toutes ses ressources, qu'il fallait en venir à se procurer des occupations attachantes par leur utilité réelle, parce qu'au défaut de cette méthode, il était inévitable de tomber dans un dégoût général, qui répandait l'ennui le plus fâcheux sur le reste de la vie. »

Ce beau sermon ne porta malheureusement pas ses fruits, et la satisfaction que l'impératrice dut éprouver en apprenant les vélléités sérieuses de sa fille, ne fut pas de longue durée. Ces heureuses dispositions s'évanouirent bientôt et les divertissements reprirent de plus belle, avec cette différence que les spectacles l'emportèrent de jour en jour sur le jeu et les bals dans les préférences de la reine. Elle dut pourtant attendre encore avant de paraître sur la scène et n'obtint l'assentiment du roi qu'au temps où, les dispen-

1. *Mémoires secrets*, 19 octobre 1777.

dieux voyages de Marly étant abandonnés, elle eut adopté le séjour de Trianon, où elle vivait dans une entière indépendance, dégagée de toute représentation : on ne pouvait plus dès lors lui demander le moindre compte de l'étiquette ou du cérémonial. L'amour de la musique avait mené la reine à l'amour du théâtre, qui devint le plus grand plaisir de Marie-Antoinette et la plus chère distraction de son esprit. La comédie de société était la folie du temps : il n'était pas d'hôtel à la ville, de château à la campagne, où l'on ne rencontrât une troupe constituée à l'exemple des véritables troupes de théâtre et s'exerçant avec un rare entrain à éclipser les comédiens français et les chanteurs italiens. La France entière jouait la comédie, et le ministre de la guerre en était réduit à lancer des ordres précis et à formuler des peines très-sévères pour arrêter la fureur comique et tragique, qui, des châteaux et des villes, avait gagné les régiments et passionnait les officiers au détriment de leur métier et de leurs devoirs.

Ce fut seulement au milieu de 1780 que la reine commença de jouer la comédie avec ses amis. Elle avait bien, au printemps de cette année, organisé des représentations intimes sur le théâtre de Trianon; mais elle n'était encore que spectatrice. Le comte de Mercy écrit en effet à Marie-Thérèse le 17 mai : « La reine passe souvent les journées à son château de Trianon et quelquefois les soirées ; on y donne alors des spectacles, auxquels le roi se trouve régulièrement; il n'y a que l'intérieur de la cour qui soit admis à ces petites fêtes; elles commencent par des promenades dans les jardins jusqu'à l'heure du souper, après lequel on se rend au théâtre, et ce que cet arrangement a de plus utile, c'est qu'il fait diversion aux jeux de hasard. » Trois mois ne s'étaient pas écoulés depuis cette lettre, que Marie-Antoinette de spectatrice devenait actrice.

II

Le journal manuscrit de Louis XVI, conservé aux Archives nationales dans l'armoire de fer, permet de suivre une à une, au moins pendant la première année, les représentations données à Trianon par la reine et sa société. Le roi avait en effet adopté une formule invariable pour indiquer ce nouveau délassement, et chaque fois que la reine joue la comédie, il ne manque jamais d'écrire sur son journal : *Soupé et petite comédie à Trianon.* Cette mention se reproduit quatre fois durant l'été de 1780 : les mardi 1er et jeudi 10 août, les mercredi 6 et mardi 19 septembre. On peut donc assurer qu'il n'y eut pas cette année-là plus de quatre représentations, bien que les acteurs fussent dans le premier feu de leur passion dramatique; car le roi tenait alors son journal avec une ponctualité imperturbable. Les années suivantes, au contraire, il se départit de cette précision, surtout pour les représentations intimes de Trianon : il les mentionne alors sous une formule vague et oublie même souvent de les noter.

Mme Campan a tracé dans ses *Mémoires* un tableau en raccourci des spectacles de Trianon. Ce résumé concis était, jusqu'à ces derniers temps, le document le plus précis qu'on possédât sur le théâtre de Marie-Antoinette : c'est à ce titre que nous allons le reproduire, nous réservant de le développer et de le rectifier à mesure que nous avancerons dans notre récit.

L'idée de jouer la comédie, comme on le faisait alors dans presque toutes les campagnes, suivit celle qu'avait eue la reine de vivre à Trianon dégagée de toute représentation. Il fut convenu qu'à l'exception du comte d'Artois, aucun jeune homme ne serait admis dans la troupe, et qu'on n'aurait pour spectateurs que le roi, Monsieur et les princesses qui ne jouaient pas; mais que, pour animer un peu les acteurs, on ferait occuper les premières loges par les lectrices, les femmes de la reine, leurs sœurs et leurs filles. Cela composait une quarantaine de personnes.

La reine riait beaucoup de la voix de M. d'Adhémar, belle anciennement, mais devenue très-chevrotante. L'habit de berger, dans le Colin du *Devin du village*, rendait son âge fort ridicule, et la reine se plaisait à dire qu'il était difficile que la malveillance pût trouver quelque chose à critiquer dans le choix d'un pareil amoureux. Le roi s'amusait beaucoup de ces comédies.

Louis XVI assistait à toutes les représentations, on l'attendoit souvent pour commencer. Caillot, acteur célèbre, retiré depuis longtemps du théâtre, et Dazincourt, connus l'un et l'autre par des mœurs estimables, furent choisis pour donner des leçons, le premier pour l'opéra-comique, dont le genre plus facile fut préféré, le second pour la comédie; l'emploi de répétiteur, de souffleur et d'ordonnateur pour tous les détails du théâtre, fut donné à mon beau-père. Le premier gentilhomme de la chambre, M. le duc de Fronsac, en fut très-blessé. Il crut devoir faire des représentations sérieuses à ce sujet; il écrivit des lettres à la reine, qui se borna toujours à cette réponse : « Vous ne pouvez être premier gentilhomme quand nous sommes les acteurs, d'ailleurs je vous ai déjà fait connaître mes volontés sur Trianon; je n'y tiens point de cour; j'y vis en particulière, et M. Campan y sera toujours chargé des ordres relatifs aux fêtes intérieures que je veux y donner. » Les représentations du duc ne s'étant point terminées, le roi fut obligé de s'en mêler; le duc s'obstina et soutint que ses droits de premier gentilhomme de la chambre n'admettaient aucun remplaçant, qu'il devait se mêler des plaisirs intérieurs, comme de ceux qui étaient publics : il fallut terminer ces débats par une brusquerie.

Le petit duc de Fronsac ne manquait jamais, à la toilette de la reine, lorsqu'il venait lui faire sa cour, d'amener quelque entretien sur Trianon, pour placer avec ironie une phrase sur mon beau-père qu'il appela depuis ce moment : mon collègue Campan. La reine haussait les épaules et disait lorsqu'il était retiré : « Il est affligeant de trouver un si petit homme dans le fils du maréchal de Richelieu. »

. . . .

Tant qu'on n'admit personne à ces représentations, elles furent peu blâmées; mais l'exagération des compliments augmenta l'idée que les acteurs avaient de leurs talents, et donna le désir d'obtenir plus de suffrages. La reine permit aux officiers des gardes-du-corps et aux écuyers du roi et de ses frères d'entrer à ce spectacle; on donna des loges grillées à des gens de la cour; on invita quelques dames de plus; des prétentions s'élevèrent de toutes parts pour obtenir la faveur d'être admis. La reine refusa d'y recevoir les officiers des gardes des princes, ceux des Cent-Suisses du roi, et beaucoup d'autres personnes qui furent très-mortifiées.

La troupe était bonne pour une troupe de société, et l'on applaudissait à outrance; cependant en sortant on critiquait tout haut...[1]

Avant d'entamer le récit des hauts faits de la royale compagnie, il convient de mieux préciser comment elle s'était recrutée, quel auditoire était admis à l'entendre et enfin sur quelle scène elle se montra. La salle de spectacle de Trianon est située au bout du parterre qui s'étend à l'ouest du petit château, non loin du pavillon français construit sous Louis XV, qui servait de salle à manger d'été. Ce théâtre, qui s'ouvrit le plus souvent pour les représentations des Comédies Française ou Italienne, — c'est là que fut joué pour la première fois, le 15 septembre 1784, *le Barbier de Séville*, de Paisiello, — était assez exigu de salle, mais il avait une scène assez vaste pour qu'on pût y représenter les opéras les plus compliqués. C'est ainsi qu'on y donna, le 8 septembre 1784, la première représentation du *Dardanus* de Sacchini, dont la partie fantastique exigeait un grand déploiement de mise en scène. La décoration intérieure du théâtre était d'une grande richesse et surtout d'une exquise élégance : les frères de Goncourt font une description poétique et pourtant très-exacte de cette salle dans leur *Histoire de Marie-Antoinette*. « Le théâtre était à Trianon comme le temple du lieu. Sur un des côtés du jardin français, ces deux colonnes ioniennes, ce fronton d'où s'envole un Amour brandissant une lyre et une couronne de lauriers, c'est la porte du théâtre. La salle est blanc et or; le velours bleu recouvre les siéges de l'orchestre et les appuis des loges. Des pilastres portent la première galerie; des mufles de lion, qui se terminent en dépouilles et en manteaux

1. *Mémoires de Mme Campan*, ch. IX.

d'Hercule branchagés de chêne, soutiennent la seconde galerie ; au-dessus, sur le front des loges en œil-de-bœuf, des Amours laissent pendre la guirlande qu'ils promènent. Lagrenée a fait danser les nuages et l'Olympe au plafond. De chaque côté de la scène, deux nymphes dorées s'enroulent en torchères ; deux nymphes au-dessus du rideau portent l'écusson de Marie-Antoinette[1]. »

Voilà pour le théâtre. Examinons maintenant le public et les acteurs. Les mêmes écrivains tracent un tableau animé et spirituel des habitués de Trianon, des nobles personnages que la reine invitait à ses réunions intimes, et qui formaient, comme on disait alors, *sa société.* « D'abord les trois Coigny : le duc de Coigny, qui était resté l'ami de la reine, et n'avait point partagé la disgrâce du duc de Lauzun et du chevalier de Luxembourg ; le comte de Coigny, gros garçon, bien portant et l'esprit en belle humeur ; le chevalier de Coigny, joli homme, fêté à Versailles, fêté à Paris, recherché des princesses et des financières, flatteur câlin, que les femmes appelaient *Mimi;* le prince d'Hénin, un fou charmant, un philanthrope à la cour ; le duc de Guines, le journal de Versailles, qui savait toutes les médisances, de plus excellent musicien et parfait flûtiste ; le bailli de Crussol, qui plaisantait avec une mine si sérieuse ; puis la famille de Polignac : le comte de Polastron, qui jouait du violon à ravir ; le comte d'Andlau, qui était le mari de Mme d'Andlau ; le duc de Polignac, que sa fortune n'avait point changé, et qui était resté un homme parfaitement aimable. A ce monde se joignaient quelques étrangers distingués par la reine, comme le prince Esterhazy, M. de Fersen, le prince de Ligne, le baron de Stedingk. Mais trois hommes faisaient le fond de la société de Trianon et la dominaient : M. de Besenval, M. de Vaudreuil, M. d'Adhémar... Les femmes de Trianon étaient la jeune belle-sœur de la reine, sa compagne habituelle, Mme Élisabeth ; puis la comtesse de Châlons, d'Andlau par son père, Polastron par sa mère, dont M. de Vaudreuil et M. de Coigny se disputaient les sourires ; puis cette aimable statue de la Mélancolie, cette pâle et languissante personne, la tête penchée sur une épaule, la comtesse de Polastron. Cette femme de vingt ans qui semble le plus joli garçon du monde, cette femme bonne et simple malgré tout l'esprit qu'elle trouve tout fait, élégante sans en faire métier, supérieure, et cependant n'alarmant pas les sots, sage parce que, c'est

1. Toutes les pièces concernant la construction et l'aménagement du théâtre du Petit-Trianon se trouvent aux Archives nationales. (Ancien régime. 01. 3,056 et 3,057. *Pièces justificatives des Menus-Plaisirs.*)

elle-même qui l'a dit : « Ne pas l'être, c'est abdiquer; » faisant des frais pour ceux qui la comprennent, et mettant avec les autres son esprit à fonds perdu, cette femme est Mme de Coigny. A côté de de la duchesse Jules de Polignac, se tient sa fille, la duchesse de Guiche, belle comme sa mère, mais avec plus d'effort et moins de simplicité; à côté de la duchesse de Guiche, parle et s'agite la comtesse Diane de Polignac [1]. »

C'est donc le 1er août 1780 que furent solennellement inaugurées les représentations de la troupe royale. Les nobles amateurs, voulant établir d'emblée leur renom dans les genres divers de la comédie et de l'opéra-comique, avaient bravement choisi, pour leur début, deux des pièces les plus réputées de la Comédie-Française et de la Comédie-Italienne. Il y avait témérité de leur part à provoquer le rapprochement qu'on ne pouvait manquer de faire entre eux et les artistes de ces deux théâtres, mais il y avait aussi habileté, car ces pièces ne quittant presque pas l'affiche, ils pouvaient étudier à loisir le jeu des comédiens français et italiens, se modeler sur eux, et suppléer par le souvenir à l'inexpérience. Le premier spectacle se composa de la jolie comédie de Sedaine, *la Gageure imprévue*, jouée au Théâtre-Français le 27 mai 1768, et du gracieux opéra-comique de Sedaine et Monsigny, *le Roi et le Fermier*, représenté aux Italiens le 22 novembre 1762 [2]. Voici en

1. Ce joli tableau, dont les moindres traits sont empruntés aux mémoires contemporains, à ceux de M. de Besenval, du comte de Tilly, de Mme de Genlis, de M. de Ségur, du prince de Ligne, est confirmé par une pièce (trouvée aux Tuileries, le 10 août et conservée, aux Archives nationales, dans l'armoire de fer) qui désigne les principaux familiers de la reine :

Liste des personnages que la reine voit dans des cas particuliers.

Mme la duchesse de Polignac.	M. le comte Esterhazy.
Mme de Châlons.	M. le duc de Guines.
M. le duc de Polignac.	M. de Châlons.
M. le baron de Besenval.	M. le duc de Coigny.
M. le chevalier de Crussol.	M. le comte de Coigny.
M. d'Adhémar.	

2. Sans relever à la file toutes les erreurs écrites reproduites précédemment sur le théâtre de Marie-Antoinette, nous ferons remarquer que M. G. d'Heylli en commet de nouvelles quand il dit (Notice sur *le Barbier de Séville*, dans sa réédition du théâtre de Beaumarchais, 1869) qu'à l'origine de ces divertissements, Mme Élisabeth et Mme de Provence jouaient en travesti les rôles d'hommes, que leur insuffisance fit décider d'admettre des seigneurs dans la troupe et que ces nouvelles recrues permirent de jouer *le Roi et le Fermier*. — Les rôles masculins furent tenus dès le commencement par des hommes, et *le Roi et le Fermier* fut précisément la première pièce représentée.

regard la distribution originale de ces ouvrages à Paris et celle aussi complète que possible de Trianon :

La Gageure imprévue

La marquise de Clainville.	Mme Préville...	Mme la csse Diane de Polignac.
Mademoiselle Adélaïde..	Mlle Doligny...	Mme Elisabeth.
Gotte............	Mme Bellecour..	La Reine.
La gouvernante......	Mlle Durand...	
Le marquis de Clainville.	Préville......	
M. Détieulette.......	Bellecour.....	
Lafleur, domestique....	Augé.......	M. le comte d'Artois.
Dubois, concierge.....	Bourel......	

Le Roi et le Fermier

Jenny............	Mme Laruette. .	La Reine.
Betzi............	Mlle Collet....	Mme la duchesse de Guiche.
La mère de Richard....	Mlle Deschamps	Mme la csse Diane de Polignac.
Le roi............	Clairval.....	M. le comte d'Adhémar.
Richard...........	Caillot......	M. le comte de Vaudreuil.
Larewel..........	Lejeune.....	
Un courtisan........	S. Aubert....	
Rustaut, garde-chasse...	Laruette.....	M. le comte d'Artois.
Carlot, — ...	Desbrosses....	
Mirot, — ...	Dehesse.....	

Le seul compte-rendu tant soit peu détaillé qui nous soit parvenu sur cette soirée d'ouverture est signé de Grimm. C'était encore pour le gentilhomme écrivain une façon de faire sa cour que de traiter ces amateurs en véritables artistes, et de paraître attacher à leurs débuts autant d'importance qu'à l'inauguration d'un vrai théâtre ; mais il lui eût été bien difficile, en pareille circonstance, de formuler la plus légère critique. Il faut donc, à défaut d'article plus sérieux, se contenter de ce panégyrique, sans trop se fier à son enthousiasme inaltérable.

Les spectacles donnés ces jours passés, dans la jolie salle de Trianon, intéressent trop l'honneur du théâtre et la gloire de M. Sedaine pour ne pas nous permettre d'en conserver le souvenir dans nos fastes littéraires. On n'a jamais vu, on ne verra sans doute jamais *le Roi et le Fermier* ni *la Gageure imprévue* joués par de plus augustes acteurs, ni devant un auditoire plus imposant et mieux choisi. La reine, à qui aucune grâce n'est étrangère, et qui sait les adopter toutes sans perdre jamais celle qui lui est propre, jouait dans la première pièce le rôle de Jenny, dans la seconde celui de la soubrette. Tous les autres rôles étaient remplis par des personnes de la société intime de Leurs Majestés et la famille royale. M. le comte d'Artois a joué le rôle d'un garde-chasse dans la première pièce et celui du valet dans la seconde. C'est Caillot et Richer[1] qui ont

1. Il faut lire sans doute Michu au lieu de Richer, car les *Mémoires secrets* disent précisément : « C'est le sieur Michu, de la Comédie-Italienne, qui a

eu l'honneur de former cette illustre troupe. M. le comte de Vaudreuil, le meilleur acteur de société qu'il y ait peut-être à Paris, faisait le rôle de Richard ; Mme la duchesse de Guiche (la fille de Mme la comtesse Jules de Polignac), dont Horace aurait bien pu dire : *Matre pulchrâ filia pulchrior,* celui de la petite Betzi ; Mme la comtesse Diane de Polignac celui de la mère, et le comte d'Adhémar celui du roi [1].

C'est dans son rapport du 16 août que Mercy-Argenteau parle pour la première fois à l'impératrice du projet qu'avait la reine de jouer la comédie :

Dans cette saison où tout le monde habite la campagne, joint à ce que la guerre tient presque tous les militaires absents, les objets d'amusement deviennent plus rares, et c'est pour y suppléer que la reine vient de penser à un moyen nouveau, qui est d'exécuter des petits spectacles de société sur le théâtre de Trianon. Ils seront représentés par la reine, la comtesse Jules de Polignac, la comtesse de Châlons ; si les pièces comportent plus de rôles de femmes, ils s'en trouvera parmi les dames de la cour. Les acteurs actuellement désignés sont le comte de Polignac, le comte d'Adhémar, ministre du roi à Bruxelles, et le comte Esterhazy ; il en sera encore choisi d'autres au besoin. La reine est jusqu'à présent fort décidée à n'admettre à ces amusements d'autres spectateurs que le roi, les princes et princesses royales, sans aucune personne de leur suite. Les dames du palais, pas même les grandes charges chez la reine, ne seront exceptées de cette exclusion ; il n'y aura dans le parterre du théâtre que les gens de service en sous-ordre, comme femmes de chambre, valets de chambre, huissiers, qui se trouveront alors à Trianon à raison de leur service momentané. Si cette règle est strictement maintenue, elle écartera sans doute la majeure partie des inconvénients. La reine a daigné m'en parler fort au long, et j'ai tâché de la fortifier contre toutes les demandes et sollicitations contraires à son plan, en lui exposant différentes remarques qui en établissent la nécessité.

J'ai quelque regret au projet dont il s'agit ; mais, ne pouvant pas en

eu l'honneur de donner des leçons à la reine pour les opéras-comiques qu'elle joue spécialement. » (20 octobre 1780.) — Nous trouvons, d'autre part, dans les *Pièces justificatives des Menus-Plaisirs,* au chapitre des dépenses de la reine pour le quartier de janvier 1781, la mention suivante : « Au sieur Michu, comédien italien, la somme de 1,200 de gratification à lui accordée par ordre de la reine pour avoir joué devant Sa Majesté à Versailles, à la comédie de la ville, pendant le quartier de janvier de la présente année. » (Archives nationales. Ancien régime. O1. 3,059.) Le fait d'accorder une forte gratification au seul Michu parmi les comédiens italiens qui étaient venus jouer à Versailles, au théâtre de la ville, montre bien que cette représentation n'était que le prétexte et qu'on avait saisi cette occasion de le récompenser des leçons données à la reine et des soins apportés aux spectacles de Trianon.

1. Métra dit de son côté : « Le spectacle donné la semaine dernière au petit Trianon, auquel il n'y a eu d'autres spectateurs que le roi et sa suite, Monsieur, Madame et la comtesse d'Artois, a parfaitement réussi... L'émulation s'est emparée de cette illustre société qui répète présentement le *Sorcier* et les *Fausses infidélités.* » (14 août 1780.)

détourner l'exécution, j'ai dû me borner à tâcher de faire adopter les modifications les moins nuisibles. Je ne prévois pas, d'ailleurs, que ce genre d'amusement puisse être de longue durée ; entre temps, le roi, qui semble y prendre un peu de goût, aura ce motif de plus pour être avec la reine. Le temps nécessaire pour apprendre des rôles, pour les répéter, deviendra une forte diversion contre le jeu, et les représentations mettront obstacle aux promenades du soir.

Mercy complète ces renseignements par la note suivante, insérée dans sa lettre *secrétissime* du même jour :

Depuis que mon très-humble rapport ostensible est écrit, il y a eu une première représentation du spectacle de Trianon. M. le comte d'Artois y a exécuté un rôle, et la règle de n'admettre aucun spectateur a été strictement suivie. Le roi s'y est fort amusé, et, dans ces occasions, il prolonge ses soirées, et ne paraît nullement pressé de se retirer à son heure ordinaire.

Ce nouveau caprice de sa fille inquiète vivement, sans toutefois la surprendre, Marie-Thérèse, qui paraît surtout redouter les galanteries, les amourettes, que les rapports familiers entre acteurs et actrices peuvent favoriser. Elle répond à ce sujet à Mercy, le 31 août :

Je crois bien que, malgré les soins que vous employez à faire mettre tout l'ordre et toute la décence possible dans les spectacles de Trianon, vous ne les goûtez pas trop. Je suis de votre avis, sachant, par plus d'un exemple, que, d'ordinaire, ces représentations finissent ou par quelque intrigue d'amour ou par quelque esclandre. Au reste, le meilleur est que ma fille s'accoutume à connaître les personnes de la famille, et à se comporter en conséquence avec circonspection et modération, sans cesser de les bien traiter, pour ne pas troubler la paix domestique.

Mercy-Argenteau n'avait pas encore expédié son rapport sur cette première représentation, que les comédiens amateurs en avaient déjà donné une seconde le jeudi 10 août [1]. Encouragés par un premier succès, et voyant que cette composition de spectacle leur était favorable, ils avaient mis à l'étude un nouvel opéra-comi-

1. Il est utile, pour rétablir la concordance des rapports de Mercy avec le journal du roi, d'expliquer le système de correspondance adopté par l'impératrice et son ambassadeur. Toutes lettres ou dépêches, officielles ou intimes, que Mercy expédiait ou recevait, étaient transmises par des courriers spéciaux, et non par la poste dont le secret aurait été sûrement violé. Le courrier partait de Vienne au commencement de chaque mois, arrivait à Paris en neuf ou dix jours, après un arrêt à Bruxelles, capitale des Pays-Bas autrichiens, pour y déposer les dépêches. Il repartait de Paris au milieu du mois, repassait par Bruxelles et rentrait à Vienne vers le 25. Les rapports mensuels de Mercy s'arrêtent donc vers le 10 ou 12 de chaque mois.

que et une nouvelle comédie, bien plus, une comédie en vers. Le programme de cette seconde soirée comprenait le petit opéra-comique de Sedaine et Monsigny, *On ne s'avise jamais de tout*, joué originairement le 14 septembre 1761 à la foire Saint-Laurent, et la comédie de Barthe, *les Fausses infidélités*, jouée aux Français le 25 janvier 1768. Il est à remarquer que les nobles comédiens, dès leur début dans la carrière, osaient davantage dans la comédie, qui devait leur procurer leurs meilleurs succès, et qu'ils paraissaient, au contraire, se défier de leur talent lyrique. Il suffisait, en effet, d'un filet de voix et d'un peu d'adresse pour dire agréablement les gentilles ariettes de Monsigny. Il n'y avait pas besoin de posséder grande science du chant pour débiter avec goût l'air de Dorval : « *Je vais te voir, charmante Lise,* » ou la chanson : « *Une fille est un oiseau,* » tandis qu'il fallait quelque talent, ou, tout au moins, une certaine aisance dramatique pour jouer d'une façon présentable des comédies comme *la Gageure imprévue* ou *les Fausses infidélités.*

Cette seconde représentation, donnée le 10 août, avait eu lieu en très-petit comité; mais Mercy-Argenteau ne tarda pas à s'apercevoir que le conseil qu'il avait donné à la reine de restreindre le plus possible le nombre des spectateurs avait tourné contre son désir, en soulevant de vives jalousies et de nombreux mécontentements, qui se traduisaient par de méchants propos et des railleries contre la reine. Il écrit à ce propos à Marie-Thérèse le 16 septembre :

La reine a persisté invariablement dans la résolution de n'admettre d'autres spectateurs que les princes et les princesses de la famille royale sans personne de leur suite. Je sais par les gens de service en sous-ordre, les seuls qui aient entrée au théâtre, que les représentations s'y sont faites avec beaucoup d'agrément, de grâce et de gaieté, et que le roi en marque une satisfaction qui se manifeste par des applaudissements continuels, particulièrement quand la reine exécute les morceaux de son rôle. Ces spectacles, qui durent jusqu'à neuf heures, sont suivis d'un souper restreint à la famille royale et aux acteurs et actrices. Au sortir de table, la cour se retire, et il n'y a point de veillée.

Une manière d'amusement qui se borne à un si petit nombre de personnes, devient un indice d'autant plus marqué de faveur pour ceux qui y sont admis, et, par conséquent, un motif de jalousie et de réclamation pour les exclus. La princesse de Lamballe, en raison de sa charge de surintendante, a cru pouvoir prétendre à une exception qu'elle n'a point obtenue. Les grandes charges et les dames du palais de semaine ont représenté que, d'après les usages établis, aucune circonstance ne devait les priver de l'avantage de faire leur service, lequel se trouvait réduit à paraître les jours de dimanche et de fête à la toilette de la reine, et aux offices de l'église; toutes pareilles instances qui sont restées sans effet ont causé des dégoûts, et ont donné lieu à quelques propos qui, de Versailles, se sont répandus à Paris. Quoique cette légère effervescence ne puisse point avoir de suite, la reine, pour en diminuer le motif, est restée toute cette semaine établie à Trianon avec la comtesse de Polignac, la duchesse de Guiche et la comtesse de Châlons. Il n'y a point eu de spectacles, Sa Majesté a permis aux grandes charges et aux dames du palais, qui sont de semaine, d'aller dîner et souper à Trianon. Le roi s'y rendait régulièrement tous les matins et y retournait le soir. Les princes et princesses de la famille royale s'y rendaient à volonté dans les différents temps de la journée. Le mardi, la reine revint le matin à Versailles, pour que les ambassadeurs et les ministres étrangers fussent à même de lui faire leur cour, après quoi Sa Majesté retourna à Trianon. Cet arrangement a produit en partie l'effet que la reine en avait attendu. Les gens de la cour sont moins mécontents; mais les spectacles qui vont recommencer, en occasionnant de nouveau les exclusions, feront renaître les dégoûts et les plaintes. Cela pourra même être de quelque durée, parce qu'il semble qu'il n'y aura point de voyage à Marly, et que le roi et la reine, très-satisfaits des petits amusements que leur procurent les séjours à Trianon, s'en tiendront à cette forme de société, un peu trop restreinte pour une nation aussi active et empressée que l'est celle-ci. Le défaut d'occasion à faire sa cour pourrait, à la longue, en diminuer l'habitude et le désir. Il y a eu cette année un indice au jour de la fête du roi, où il ne s'est pas trouvé à Versailles la moitié du monde que l'on y voyait les années précédentes.

Cependant, l'impératrice cherchait à se rassurer elle-même contre les craintes que pouvaient lui inspirer les rapports de Mercy, et elle lui répondait le 30 septembre :

Je ne regarde que comme passagers les amusements de Trianon, sans m'en inquiéter, tant qu'il ne s'y mêle quelque inconvénient majeur; seulement, je ne saurais approuver que la reine y couche sans le roi. Au reste, je voudrais avoir les pièces qu'on a représentées à Trianon, avec les noms des personnages qui ont joué chaque rôle, en m'indiquant notamment ceux de ma fille [1].

Si Mercy-Argenteau se montrait satisfait, dans son dernier rapport, du temps d'arrêt que la reine avait mis dans ses divertisse-

1. M. d'Heylli dit à juste titre, dans la notice citée plus haut, que Marie-Thérèse jugeait très-sévèrement les « écarts dramatiques de sa fille, » mais il a tort de citer à l'appui cette parole de l'impératrice rapportée par Nougaret dans ses *Anecdotes du règne de Louis XVI* (t. I, p. 255) : « Au lieu du portrait d'une reine de France, j'ai reçu celui d'une *actrice !...* » Ce dernier mot a induit M. d'Heylli en erreur. Nougaret dit précisément que, lorsque Marie-Thérèse écrivit à sa fille cette phrase sévère, en lui renvoyant son portrait, il s'agissait d'un tableau où Marie-Antoinette était représentée dans le costume qu'elle avait adopté en 1775, c'est-à-dire la tête extrêmement chargée de plumes larges et hautes. Il n'est pas ici question de ses essais dramatiques, par la simple raison que la reine ne joua la comédie que cinq ans plus tard.

ments scéniques, afin de calmer les jaloux et les mécontents, il était assez inquiet pour le jour où ces spectacles viendraient à recommencer. Cette reprise ne tarda pas beaucoup. La reine ne joua pas la comédie depuis le 10 août jusqu'à la fin du mois, mais elle ne put se priver plus longtemps de son délassement favori et elle organisa un nouveau spectacle pour le mercredi 6 septembre. Elle aurait aussi désiré, pour mieux s'autoriser à prendre le divertissement dont elle raffolait, que Madame entrât dans la troupe et lui donnât la réplique. Cette princesse même ne demandait pas mieux pour se remettre avec sa belle-sœur, qui la boudait depuis un différend assez grave survenu à l'occasion de Mme de Balbi [1], mais Monsieur s'opposa formellement à ce que sa femme prît part à ces jeux qu'il jugeait indignes d'elle.

Le programme de cette troisième soirée comprenait sûrement *l'Anglais à Bordeaux* et probablement *le Sorcier :* toujours comédie et chant mêlés. On lit, à la date du 8, dans une correspondance anonyme dont le manuscrit est conservé à la bibliothèque de Saint-Pétersbourg et que M. de Lescure a publiée [2] : « La faveur de la comtesse Jules de Polignac se soutient toujours, malgré les cabales et les mauvais propos. La duchesse de Guiche, fille de cette favorite, et un très-petit nombre de privilégiés, ont été encore dernièrement acteurs et spectateurs dans *l'Anglais à Bordeaux*. On a refusé cette fois l'entrée à beaucoup de courtisans qui avaient été admis aux autres représentations, entre autres au marquis de Crussol, capitaine des gardes du comte d'Artois, quoiqu'il fût de service ce jour-là. La raison est qu'on s'était permis de critiquer un peu vivement le talent des acteurs, sans épargner les premiers rôles. »

La comédie en vers libres de Favart, *l'Anglais à Bordeaux*, avait été composée à l'occasion de la paix de 1763, et avait obtenu un

1. L'origine de cette nouvelle « piquanterie » mérite d'être dévoilée. La voici, d'après les *Mémoires secrets* : « Mme la comtesse de Balbi, jeune et jolie femme d'un seigneur d'origine gênoise, colonel à la suite du régiment de Bourbon, est fille de Mme de Caumont, gouvernante des enfants de Mme la comtesse d'Artois et petite-fille du financier par sa mère. Cependant celle-ci l'a fait agréer dame pour accompagner Madame. Il n'y a pas longtemps que Mme de Balbi, qui passe pour très-galante, a été trouvée, suivant l'anecdote répandue parmi les courtisans, couchée avec un homme de la cour, par son mari, qui a voulu tuer sa femme, un enfant de dix-huit mois et l'adultère. Afin d'éviter les suites d'un pareil éclat, on a pris le parti de supposer que cet époux infortuné était fou, de le saigner en conséquence malgré lui et de le médicamenter comme tel. Cette mystification l'a outré, lui a même frappé l'esprit; il est parti, dans son désespoir, et s'est expatrié. On dit qu'il est errant depuis ce temps dans l'état le plus déplorable et le plus digne de pitié. » (20 juillet 1780.)

2. 2 vol. in-8°. Chez Plon, 1866.

vif succès qu'il fallait attribuer, pour part égale, au mérite de l'auteur et à celui des excellents acteurs de la Comédie-Française, au jeu si franc de Préville, au talent si fin de l'inimitable Mlle Dangeville qui fit ses adieux au public, à la clôture de cette année, dans cette jolie pièce. On voit par là à quels dangereux parallèles nos comédiens frais émoulus osaient bien s'exposer. *Le Sorcier*, de Poinsinet et Philidor, qui datait de 1764 et marquait le premier essor de l'opéra-comique proprement dit, était beaucoup moins difficile à jouer, mais encore fallait-il de l'entrain et de la justesse dans la diction pour enlever ce petit ouvrage qui avait obtenu à l'origine un éclatant succès et qui avait valu au musicien, dont c'est resté un des meilleurs ouvrages, le même triomphe que *Mérope* valut à Voltaire. Ils eurent, les premiers, l'honneur d'être rappelés par le public et de paraître sur la scène, l'un au Théâtre-Français, l'autre à la Comédie-Italienne.

III

La quatrième et dernière représentation de l'année 1780 eut lieu, à Trianon, le mardi 19 septembre : on y joua deux pièces empruntées au répertoire de la Comédie-Italienne et de l'Opéra, *Rose et Colas* et *le Devin du village*. Le petit ouvrage de Sedaine et Monsigny, représenté le 8 mars 1764, est bien connu par la reprise qu'en fit l'Opéra-Comique en mai 1862 : à cette époque, comme à l'origine, il obtint un succès qui s'explique surtout par le tour naturel du dialogue et de la musique, car le canevas de la pièce est bien léger et la mélodie peu originale. Il renferme pourtant quelques scènes amusantes et d'agréables ariettes, comme celles de la mère Bobi et du vieux Mathurin, comme la chanson de Rose : « *Il était un oiseau gris* », ou la jolie romance de Colin : « *C'est ici que Rose respire.* »

Colin.	Clairval.	Le comte d'Adhémar.
Mathurin.	Caillot.	Le duc de Guiche.
Pierre Leroux.	Laruette.	Le comte d'Artois.
Rose.	Mme Laruette. .	La duchesse de Guiche.
La mère Bobi.	Mlle Bérard. . .	La duchesse de Polignac.

En abordant le *Devin du village*, les nobles amateurs avaient à lutter contre de bien dangereux souvenirs. Ils semblaient provoquer une comparaison, non-seulement avec les premiers artistes de l'Opéra, mais aussi avec la troupe si bien composée et si exercée de Mme de Pompadour, qui avait clos, en 1753, six années d'exercices assidus par deux représentations excellentes du *Devin du village*. La vogue dont jouit la comédie à ariettes de Rousseau pendant tout le siècle dernier et jusqu'au commencement du nôtre explique suffisamment pourquoi c'est la seule pièce où les deux troupes princières, celle de la favorite et celle de la reine, se soient mesurées à trente ans de distance. La troupe de Mme de Pompadour, qui abordait avec un égal succès la plus haute comédie, comme *Tartufe*, *l'Esprit de contradiction* ou *le Méchant*, et le grand opéra, comme *Hésione*, *Tancrède* ou *Issé*, avait sous tous les rapports une écrasante supériorité; mais ici du moins, le petit nombre des personnages permettant de faire donner seulement la tête de troupe, la comparaison pouvait ne pas être trop accablante pour la compagnie de la reine. Mme Campan dit que Marie-Antoinette était charmante en Colette, et ce rôle devait, en effet, lui convenir à merveille. Il est bien vrai que le comte d'Adhémar chevrotait et était assez ridicule sous l'habit de Colin, mais le comte de Vaudreuil était excellent acteur et le rôle du devin revenait de droit au *basso assoluto* de la troupe, qui s'était déjà distingué dans *le Roi et le Fermier*. Voici en regard, pour mieux comparer, la triple distribution de l'ouvrage de Rousseau, à l'Opéra, en 1753; à Bellevue, la même année, sur le théâtre de la Pompadour, et à Trianon :

Colette. . .	Mlle Fel. .	Mme de Marchais. .	La Reine.
Colin. . . .	Jélyotte. . .	Mme de Pompadour.	M. d'Adhémar.
Le devin. .	Cuvillier. . .	M. de la Salle. . . .	M. de Vaudreuil.

La reine, dans le but sans doute de prouver à son affectueux mentor la complète innocuité de ses amusements dramatiques, fit, en faveur de Mercy-Argenteau, une exception unique à la règle qu'elle avait établie, d'après ses conseils, de n'admettre aucun personnage de la cour à ces spectacles, et insista auprès de lui pour qu'il assistât en cachette à cette représentation. Le confident de Marie-Thérèse usa de politique, souleva de vaines objections que la reine prit naïvement la peine de réfuter, et il finit par se rendre aux raisons de son adversaire. Il pénétra donc en secret dans la salle de spectacle et fit à l'impératrice un long récit de cette soirée dans son rapport du 14 octobre.

Sur ces entrefaites, Madame ayant eu son indisposition, la reine vint le mardi matin 19 en déshabillé à Versailles chez son auguste fille, et elle m'y fit appeler. Son intention était de contremander le spectacle du soir, mais le roi s'y opposa en disant que puisque le premier médecin Lassone assurait que l'indisposition de la jeune princesse n'était d'aucune conséquence, il ne fallait rien déranger aux amusements de la journée. Sur cela la reine daigna me dire qu'elle voulait que j'allasse au spectacle en question; mais en témoignant combien je sentais le prix de cette grâce, j'ajoutai qu'il était de mon devoir d'observer qu'après une exclusion absolue de tous spectateurs, bien des gens se formaliseraient que j'eusse été excepté, et qu'il pourrait s'ensuivre des petits dégoûts. Cette remarque ne changea rien à la volonté de la reine; elle me répondit que personne ne me verrait, que je serais placé dans une loge grillée, et conduit au théâtre par un homme qui me ferait éviter la rencontre de qui que ce soit. Cela s'exécuta en effet à l'heure marquée, et je vis représenter les deux petits opéras-comiques : *Rose et Colas* et *le Devin du village*. M. le comte d'Artois, le duc de Guiche, le comte d'Adhémar, la duchesse de Polignac et la duchesse de Guiche jouaient dans la première pièce. La reine exécutait le rôle de Colette dans la seconde, le comte de Vaudreuil chantait le rôle du Devin, et le comte d'Adhémar celui de Colin. La reine a une voix très-agréable et fort juste, sa manière de jouer est noble et remplie de grâce; en total ce spectacle a été aussi bien rendu que peut l'être un spectacle de société. J'observai que le roi s'en occupait avec une attention et un plaisir qui se manifestaient dans toute sa contenance; pendant les entr'actes il montait sur le théâtre et allait à la toilette de la reine. Il n'y avait d'autres spectateurs dans la salle que Monsieur, Mme la comtesse d'Artois, Mme Elisabeth; les loges et balcons étaient occupés par des gens de service en sous-ordre, sans qu'il y eût une seule personne de la cour. Le théâtre qui a été construit en petit sur les dessins du grand théâtre de Versailles, est d'une forme très-élégante, et d'une richesse en dorures qui devient presqu'un défaut, et qui a été un objet de grande dépense.

Ce rapport de Mercy réduit à néant certaines anecdotes écloses dans l'imagination du rédacteur des *Mémoires secrets*, et qui ont acquis par la suite, à force d'être répétées et recopiées, l'autorité de faits historiques bien et dûment prouvés. La première est racontée par le gazetier à la date du 20 septembre, elle ne peut donc se rapporter qu'à la troisième représentation, donnée le 1er du mois. « Le public n'est pas admis à ces représentations, lisons-nous, il n'y a que les gens de l'intérieur et attachés à la famille royale. On assure que le roi très-complaisant, mais peu content de ce genre d'occupation de son auguste compagne, se trouvant à un de ces spectacles, a sifflé la reine; sans doute la chose s'est tournée en plaisanterie. Cela n'a pas empêché Sa Majesté de continuer [1]. » Est-il croyable que, si le roi eût pris cette liberté grande de siffler

1. La plupart des gazetiers secrets de l'époque se copiaient les uns les autres et colportaient les mêmes erreurs. Cela explique pourquoi l'on trouve cette même fable dans la *Correspondance inédite*, publiée par M. de Lescure : « La reine continue les représentations de Trianon. Pour faire diversion au rôle pénible qu'elle joue dans le monde, elle a adopté celui de soubrette sur le théâtre. Le roi assiste par complaisance à ces jeux; mais ils ne sont pas analogues avec son humeur sérieuse et sévère; aussi siffle-t-il habituellemen les acteurs. Le comte d'Artois, qui dansait déjà passablement sur la corde, commence à jouer la comédie d'une façon supportable. » (30 septembre 1780.)

la reine, Mercy n'en eût pas été informé le premier et n'eût pas aussitôt annoncé à l'impératrice une nouvelle qui pouvait lui faire espérer de trouver chez le roi une aide inespérée pour détourner Marie-Antoinette de ses velléités dramatiques?

L'autre anecdote est datée du 6 octobre : elle ne peut donc avoir trait qu'à la représentation du 19 septembre, et c'est précisément celle à laquelle assistait Mercy. « Dernièrement, la reine, lasse de jouer la comédie presque sans spectateurs, au moyen du peu d'éclat que doit avoir ce divertissement, a fait entrer les gardes du corps de service en exigeant que les Suisses les remplaçassent dans cet intervalle. Après le spectacle Sa Majesté leur a dit : « Mes-« sieurs, j'ai fait ce que j'ai pu pour vous amuser, j'aurais voulu « mieux jouer, afin de vous donner plus de plaisir. » Quel scandale c'eût été à la cour si la reine avait oublié sa dignité jusqu'à haranguer les spectateurs du haut de la scène, jusqu'à réclamer l'indulgence d'auditeurs improvisés! Il n'en fut rien, et Mercy avait pu constater *de visu* que l'auditoire était toujours très-restreint, et ne comprenait, comme il le marque à l'impératrice, outre Monsieur, la comtesse d'Artois et Mme Élisabeth, que des « gens de service en sous-ordre. »

Bien que ces spectacles n'eussent pas jusqu'alors offert de graves inconvénients ni justifié les fâcheuses appréhensions de Mercy, celui-ci ne laissait pas de prévoir les dangers qu'ils pouvaient amener dans un avenir rapproché, et il saisit le premier moment favorable pour adresser à la reine de paternelles remontrances. Il continue ainsi son rapport du 14 octobre :

A la première occasion que j'eus de paraître devant la reine, après lui avoir fait mes très-humbles actions de grâce d'une marque de bonté si distinguée, j'en revins cependant au langage du vrai zèle, et j'exposai quelques remarques sur les inconvénients des spectacles de société par tout plein de petites circonstances que la reine daigna elle-même me confier. Je lui fis voir combien ses alentours cherchaient adroitement à mettre à profit les occasions de mêler des choses très-sérieuses et de conséquence à des objets de pur amusement, et j'en revins à une vérité incontestable dans ce pays-ci, qui est que tous ceux qui approchent les souverains ont toujours quelque plan formé d'intrigue, d'ambitions ou de vues quelconques, soit pour eux ou pour les leurs, et qu'en mesure du plus petit nombre de gens qui obtiennent un accès presque exclusif, les intrigues en deviennent plus pressantes, plus difficiles à éclairer, par conséquent infiniment plus dangereuses. Une grande cour doit être accessible à beaucoup de monde ; sans cela les haines et les jalousies exaltent toutes les têtes, et font naître les plaintes, les dégoûts et une sorte d'aliénation. De semblables réflexions ne parurent point déplaire à la reine ; elle me dit qu'à l'époque du voyage de Marly, il ne serait plus question de spectacles; qu'elle n'avait jamais pensé qu'à en faire un amusement très-passager, et que, pendant l'hiver prochain, elle s'était bien proposé de donner plus à la représentation et aux moyens de rendre la cour plus nombreuse à Versailles.

Plus bas, Mercy ajoute encore ce paragraphe : « En parlant des spectacles de Trianon, j'ai nommé ci-dessus tous les acteurs, à l'exception du comte de Crussol, qui a quelquefois des rôles. Le comte Esterhazy était aussi employé, mais actuellement il se trouve à son régiment ; personne d'ailleurs n'a joué à ce spectacle. Quant au répertoire des pièces et à la désignation des rôles que la reine y a remplis, pour ne pas m'en fier à ma mémoire, je viens de demander une liste exacte[1], et elle se trouvera jointe à mon très-humble rapport ; mais si elle me manquait pour cette fois, Votre Majesté la recevrait le mois prochain. »

Marie-Thérèse répondit sur ce sujet à Mercy : « Je ne saurais qu'approuver l'empressement de ma fille de vous faire assister, à l'incognito, à une des représentations à Trianon. Si même des inconvénients ne s'y sont pas mêlés jusqu'à présent, je n'en serai pas moins bien aise de les voir finir, et je trouve très-fondées les observations que vous avez faites à cet effet à ma fille. Je souhaite que, pendant l'hiver, elle exécute le plan qu'elle se propose, de rendre plus nombreuse la cour, mais j'en doute ; voilà l'effet des étiquettes levées. » Cette lettre, datée de Vienne le 3 novembre, est la dernière que la grande impératrice ait écrite à son fidèle ministre : le 29 du même mois, elle était subitement emportée par le retour d'un catarrhe, après quatre jours de souffrances horribles.

Cette mort imprévue, en dégageant Marie-Antoinette de la tutelle occulte de Mercy-Argenteau, lui rendait pleine liberté de satisfaire ses mille caprices de comédienne au jour où elle pourrait reprendre les jeux du théâtre qu'elle avait dû interrompre, bien avant la mort de sa mère, pour raison de santé. D'ailleurs, l'ambition venant avec l'habitude des planches, les nobles acteurs, et la reine la première, trouvaient déjà indigne de leur talent de jouer devant un auditoire aussi restreint, et désiraient briguer les suffrages de juges plus nombreux et plus illustres. La reine avait donc manifesté l'intention d'inviter à son théâtre les auteurs des pièces qui y seraient représentées, bien qu'un pareil usage présentât ce

1. M. d'Arneth dit que cette liste ne se trouve pas aux Archives de Vienne : peut-être n'a-t-elle jamais été expédiée de Paris. C'est une lacune regrettable qui nous force de reconstituer pièce à pièce ce répertoire, d'après les mémoires du temps.

grave danger que ces auditeurs, pris en dehors de la cour, pussent se prononcer trop librement sur le talent de la souveraine ; mais elle espérait, sans doute, amadouer ces juges sévères et les séduire par sa grâce naturelle[1]. Avant qu'elle ait pu donner suite à cette idée, elle avait dû, sur le conseil des médecins, renoncer pour un temps à ces exercices dramatiques, dont sa santé délicate avait à souffrir[2]. Cet arrêt de la Faculté mit en déroute la troupe royale, qui se sépara non sans espoir de retour. Cette première série de représentations avait duré deux mois, du 1er août au 19 septembre 1780, et avait fourni occasion à chaque amateur de montrer de quoi il était capable et s'il avait la moindre disposition pour la comédie. Le résultat d'ensemble paraît avoir été assez médiocre, et n'avoir révélé que peu de vocations dramatiques parmi les familiers de la reine. L'impression générale se résume dans ce double propos, qui transpira de la cour à la ville, et se colporta d'autant plus vite qu'il était plus méchant : le comte d'Artois avait montré dans ces spectacles un talent assez agréable, mais la reine n'avait aucune disposition pour le théâtre et jouait *royalement mal*.

Ces spectacles intimes subirent pendant l'année 1781 un temps d'arrêt assez prolongé, qu'il ne faudrait pas attribuer au caprice de gens déjà las d'un plaisir qui les avait d'abord divertis. Tous les acteurs de la troupe ne demandaient qu'à continuer le cours de leurs exploits dramatiques, mais force fut de s'arrêter : la grossesse de la reine et le temps de ses relevailles, après la naissance du dauphin, expliquent suffisamment cette longue interruption. La reine dut donc se résigner à demeurer spectatrice, et les comédiens amateurs cédèrent la place aux artistes de la Comédie-Française et de l'Opéra-Comique.

Les deux Comédies recevaient chacune 650 livres chaque fois qu'on les faisait venir de Paris à Versailles ou à d'autres résidences rapprochées comme Trianon, la Muette ou Marly, et elles présentaient très-régulièrement, à la fin de chaque trimestre, un état dressé dans le plus grand détail. Toutes ces pièces, qui forment des liasses énormes, se trouvent aux Archives nationales ; il n'est besoin d'en citer aucune, mais on peut voir par là combien étaient fréquentes les allées et venues des comédiens français et italiens entre Paris et Versailles. Si l'on prend, par exemple, le premier trimestre de 1782, un des moins chargés, nous voyons que la Comédie-Française avait joué onze fois à la cour, et la Comédie-Italienne dix fois. A raison de 650 livres par soirée, cela fait, d'une part,

1.-2. *Mémoires secrets*, 20 octobre et 3 novembre 1780.

7,150 livres, et, de l'autre, 6,500. Soit un total de 13,650 livres, comme premiers frais pour les représentations des deux Comédies pendant le quartier de janvier 1782. Durant le trimestre correspondant de 1783, la Comédie-Française fut appelée vingt-cinq fois à la cour, coût 16,250 livres; et la Comédie-Italienne treize fois, coût 7,800 liv.; ensemble 24,050 liv.[1]. Si parfaites que fussent des représentations, et par le mérite des ouvrages et par le talent des interprètes, la reine ne pouvait s'empêcher de penser qu'il est un plaisir plus grand que de voir jouer les autres, celui de jouer soi-même, et elle se promettait bien de reprendre ses rôles favoris sitôt que sa santé le lui permettrait.

IV

Les spectacles privés durent recommencer au printemps de 1782, et furent seulement un peu retardés par un malaise momentané de la reine. Le chevalier de Lille, capitaine au régiment de Champagne, renommé pour son amabilité, son esprit, sa facilité à tourner des chansons agréables et ces noëls satiriques si goûtés à cette époque, lié d'amitié avec MM. de Coigny qui l'avaient présenté dans la société de la duchesse de Polignac, entretenait alors une correspondance légère avec le prince de Ligne, auquel il communiquait les nouvelles de l'armée, les secrets surpris à la diplomatie, les histoires galantes et les anecdotes de cour. Il lui mande en ces termes, le 13 avril, la double nouvelle de l'indisposition de la reine et de la reprise prochaine des petits spectacles à Trianon.

Je ne veux pas, mon bon prince, que vous appreniez la nouvelle de l'indisposition de la reine par quelques-uns de ces sots bulletins qui s'en

1. Archives nationales. Ancien régime. O1. 3,061 et 3,063. *Pièces justificatives des Menus-Plaisirs.* — « C'était le roi qui fixait l'heure du spectacle, d'après la durée qu'il devait avoir, dit le comte d'Hézecques dans ses *Souvenirs d'un page à la cour de Louis XVI;* car ce prince, ne voulant point faire attendre les officiers qui venaient prendre l'ordre, sortait toujours à neuf heures précises, pour aller de là souper chez Madame. Le matin, M. Désentelles, intendant des Menus-Plaisirs, lui présentait le programme contenant la liste des rôles, le nom des acteurs qui devaient les remplir et la durée du spectacle. » Cela est très-exact, car on retrouve aux Archives nationales toutes ces ébauches de programmes paraphées par M. Désentelles. Le même écrivain limite à l'hiver. depuis décembre jusqu'à Pâques, le temps où les divers spectacles de Paris allaient à Versailles pour le service de la cour; il ajoute que le mardi était consacré à la tragédie, le jeudi à la comédie, le vendredi à l'opéra-comique, et le mercredi à l'Opéra qui ne jouait que cinq ou six fois par hiver. Cette répartition des jours pouvait exister en principe, mais l'examen des papiers conservés aux Archives permet de voir qu'on y contrevenait assez souvent et que les spectacles duraient plus de cinq mois chaque année.

vont exagérant tout, et contenant les choses de travers. La reine, en revenant, mardi dernier, de la Comédie-Française, où l'on a fait l'inauguration de la salle[1] s'est senti le frisson, du mal de tête, en un mot, la fièvre, à laquelle s'est jointe, le lendemain, une violente douleur d'oreille, dont la reine a été véritablement tourmentée pendant vingt-quatre heures; mais il ne subsiste plus aujourd'hui ni fièvre ni douleur; et, si ce n'était un léger mal de gorge, qui sera dissipé très-promptement, on pourrait dire que la reine est en parfaite santé. Le seul inconvénient qui résultera de son indisposition sera le retard du spectacle de Trianon, où la troupe, dans laquelle Sa Majesté est actrice, doit jouer *la Veillée villageoise, le Sage étourdi* et je ne sais plus quoi. C'est la reine qui joue Babet; madame la comtesse Diane, la mère Thomas; mesdames de Guiche, de Polignac, de Polastron, les jeunes filles; le comte d'Esterhazy, le bailli; et puis toutes les vieilles sont le baron de Besenval, le comte de Coigny, etc. Vous voyez que je suis bien sûr de l'entière convalescence de la reine, puisque je passe si rapidement de sa maladie à son rôle de Babet, qu'elle joue à ravir. M. le comte *** serait un Colin aussi parfait qu'il est joli, si la voix était toujours l'organe fidèle de l'âme, car vous savez que l'âme du jeune comte *** n'est pas fausse; et si je prétendais lui faire un crime de ce que sa voix l'est, ce ne serait pas à votre tribunal que je porterais cette accusation [2].

Les nobles comédiens continuaient d'entremêler la comédie de caractère avec les pièces à ariettes, dites vaudevilles ou opéras-comiques. *Le Sage étourdi* est, en effet, une des bonnes comédies de Boissy (Barrière et, après lui, M. de Lescure se trompent en l'attribuant à Fagan), et avait été représenté aux Français en 1745. Elle avait d'abord paru à la scène sous le titre de *l'Indépendant*, mais Boissy n'en étant pas satisfait, l'avait retirée après la première représentation et y avait apporté de grands changements. Elle avait obtenu un beau succès sous cette nouvelle forme et était restée au répertoire. Il n'y avait pas encore longtemps que les comédiens français étaient venus jouer cette pièce à la cour ; c'est sans doute le plaisir éprouvé à cette représentation qui décida les nobles amateurs à l'interpréter eux-mêmes.

La Matinée et la Veillée villageoise ou *le Sabot perdu*, divertissement en deux actes et en vaudevilles, avait été joué, le 27 mars 1781,

1. Il s'agit de la salle de l'Odéon, ouverte le 11 avril 1782. — « Les comédiens français, dit Métra, ouvrirent hier leur nouvelle salle royale du faubourg Saint-Germain : quoique peu chargée d'ornements, elle n'en a pas moins offert un magnifique spectacle que notre charmante reine a honoré de son auguste présence. On s'y portait, on y étouffait, malgré les bancs, et le tumulte y a été continuel pendant la première pièce, *l'Inauguration du Théâtre-Français*. Ce n'est qu'une suite de scènes épisodiques en vers qu'il a plu à M. Imbert d'appeler un acte... Cette bagatelle, qu'on n'a guère pu juger, a été suivie de l'*Iphigénie* de Racine. »

2. *Tableaux de genre et d'histoire,* morceaux inédits recueillis par J. Barrière, 1828, p. 257.

à la Comédie-Italienne, et avait obtenu un grand succès de gaieté, comme les productions antérieures des deux auteurs, Piis et Barré, *les Vendangeurs*, *Cassandre oculiste*, *Aristote amoureux*, *Cassandre astrologue*, etc. « Il y a un peu de langueur dans l'action, dit Métra ; mais on en est récompensé par d'assez agréables tableaux et quelques jolis couplets. Les sieurs Piis et Barré sont tout fiers d'une gloire aussi solide et se regardent avec respect comme les restaurateurs de l'art dramatique sur son déclin. » Le sujet assez mince de cette pièce était un sabot perdu pendant la nuit et trouvé au matin par le magister du village. Grande rumeur le soir à la veillée. On veut connaître la coupable et l'on essaye le sabot à toutes les jeunes filles : il ne va à aucune d'elles ; on prend alors le parti de l'essayer aux mères et l'on découvre, à la stupéfaction générale, que c'est le sabot de la vieille mère Thomas. Babet déclare aussitôt qu'elle avait chaussé le sabot de sa mère pour aller trouver Colin au rendez-vous et qu'elle l'a perdu en rentrant. Malgré cette aventure, le grave magister, qui est amoureux de Babet, persiste à vouloir l'épouser; mais le père Thomas, qui ne se fâche de rien, marie sa fille à Colin, disant que, le sabot une fois perdu,

Colin l'i a fait perdre ; il est clair
Qu'l'i seul peut le l'i rendre.

Cette joyeuseté obtint bien vite une vogue telle que les comédiens italiens furent aussitôt mandés à Marly pour la jouer devant le roi et la reine, que sa grossesse empêchait de venir à Paris. Cette faveur inattendue doubla l'orgueil naturel des auteurs, qui se présentèrent dès lors partout comme de grands hommes à la mode. « Ils s'étaient fièrement campés tout au beau milieu de la petite salle de spectacle de Marly, dans l'endroit le plus remarquable, et l'un d'eux avait à la main un énorme chapeau à plumes, afin d'attirer plus sûrement l'attention... Ces deux associés sont, dit-on, l'un à l'autre d'une indispensable nécessité. Piis n'a pas deux idées de suite dans la tête, et ne fait que rimailler des couplets ; Barré, d'autre part, n'enfanterait pas une rime en dix mille ans, mais trace assez passablement le plan de ces petits chefs-d'œuvre : il entend aussi la liaison des scènes. Avec ces sublimes talents réunis, ils ont le plaisir de voir la cour et la ville raffoler de leur mérite[1]. » Ces railleries durent médiocrement émouvoir des auteurs qui venaient de recevoir un précieux témoignage du succès de

1. *Correspondance secrète*, 5 mai 1781.

leur pièce : elle avait tellement amusé toute la cour et la reine en particulier, que Marie-Antoinette leur fit donner 1,200 livres de gratification[1]. Elle se promit bien aussi de jouer en personne ce joli rôle de Babet, cette cendrillon villageoise qui perd son sabot comme une pantoufle de fée; et sitôt que les représentations avaient dû recommencer, elle avait fait mettre ce vaudeville à l'étude.

C'est pour le coup que les auteurs, conviés par Marie-Antoinette à cette représentation, durent se poser en « grands hommes à la mode » et arborer un énorme chapeau à plumet, quand ils eurent l'honneur inespéré de voir la reine débiter leur prose légère et chanter leurs joyeux vaudevilles. Ce rôle de Babet fut sans contredit un des meilleurs de Marie-Antoinette. Il s'est produit à ce propos une méprise assez singulière. Lorsqu'on lit rapidement la lettre du chevalier de Lille au prince de Ligne, si l'on ignore qu'il y avait une Babet dans *la Veillée villageoise*, la première pièce que ce nom de paysanne évoque à l'esprit est le célèbre opéra-comique de Monvel et Dezède, *Blaise et Babet*, qui obtint au siècle dernier un succès de doux attendrissement et de larmes émues : on peut donc croire que Marie-Antoinette représenta la Babet de Dezède. Ainsi a fait le rédacteur des *Mémoires de Fleury* qui, sur le seul vu du nom, a donné libre cours à son imagination et a décrit par le menu le jeu charmant de la reine dans ce rôle si gracieux. « Elle avait un air boudeur et charmant, dit-il, elle était à applaudir mille fois dans *Blaise et Babet*, lorsqu'elle se dépitait, froissait ses fleurs, les jetait dans la corbeille, et s'écriait, avec le plus joli hochement qu'on puisse imaginer : « Tu m'as fait endêver... endêve! » Ce portrait de la reine sous le cotillon de Babet a été reproduit dans bien des livres d'après les *Mémoires de Fleury*, mais ce joli tableau est tout d'imagination. Il y avait un empêchement majeur à ce que la reine jouât alors *Blaise et Babet*, c'est que Monvel et Dezède n'avaient pas encore composé leur opéra, qui vit seulement le jour l'année suivante. La cour en eut la primeur, car les comédiens italiens l'allèrent chanter à Versailles le 4 avril 1783[2], et ce fut trois mois après, le 30 juin, que le public put connaître ce gracieux ouvrage, qui est demeuré le chef-d'œuvre de Dezède.

1. *Mémoires secrets*, 10 mai. — La preuve de cette libéralité se trouve dans les *Pièces justificatives des Menus-Plaisirs*, où mention est faite de la somme suivante dépensée pendant le quartier d'avril 1781 : « Aux sieurs Barré et Piis auteurs de pièces en vaudevilles, la somme de 1,200 liv., gratification à eux accordée par le roy. » (Archives nationales. Ancien régime. O1. 3,059.)

2. Dezède reçut une gratification de 600 liv. en témoignage du bon effet produit par sa musique. (Archives nationales. Ancien régime. O1. 3,066.)

Le chevalier de Lille écrit encore au prince de Ligne, le 1er juin 1783 :

Tout le monde se porte bien ici, mon cher prince, hormis la reine, qui ne saurait se porter, à cause d'une foulure qu'elle s'est faite au pied, et dont les suites la retiennent sur une chaise longue depuis mercredi ; ce léger accident, qui a eu lieu à la répétition que la reine faisait de l'opéra du *Tonnelier*, en a retardé la représentation, fixée d'abord à vendredi, et remise à mercredi prochain. Elle se fera à Trianon, où la reine ira s'établir demain pour toute la semaine. L'autre pièce que l'on jouera avec celle-là est le petit opéra des *Sabots*. Vous imaginez les acteurs, sans que je vous les nomme ; n'y placez pourtant pas le duc de Polignac ni Mme de Châlon, qui, non plus que leur bande, ne sont pas encore revenus d'Angleterre.

Remise de jour en jour, cette représentation fut donnée le vendredi 6 juin, comme le marque le roi dans son journal. Le choix des ouvrages joués semblerait indiquer que les acteurs ne se faisaient pas d'illusion sur la médiocrité de leurs talents lyriques, car ces deux petites comédies à ariettes étaient des plus simples qu'on pût trouver pour la musique. Le fait même d'avoir débuté par *le Roi et le Fermier*, pour aboutir, après trois ans d'exercice, au *Tonnelier* et aux *Sabots*, marque un recul trop sensible pour que les interprètes n'en aient pas eu eux-mêmes conscience : ils ne se sentaient même plus capables de chanter les gracieuses ariettes de Monsigny. Le vaudeville du *Tonnelier*, dû pour les paroles et la musique au comédien Audinot, avait été joué d'abord à la foire Saint-Laurent, en 1761, puis repris, en mars 1765, à la Comédie-Italienne, avec des retouches de Quétant sur la pièce et de Gossec sur la musique. Ces changements ne servirent de rien : « Le *Tonnelier*, dit Grimm, qui était déjà tombé anciennement sur le théâtre de la foire, méritait bien d'avoir cet honneur à nouveau ; il a cependant soutenu quatre à cinq représentations, et heureusement la clôture du théâtre est venue à son secours. C'est une rapsodie détestable de quolibets et de doubles croches. »

Pour *les Sabots*, joués à la Comédie-Italienne, le 26 octobre 1768, la musique de Duni était aussi bien insignifiante, et la pièce n'était qu'une assez gracieuse bagatelle, due à la collaboration successive de Cazotte et de Sedaine. Cazotte, ayant trouvé le sujet d'une pièce dans une ancienne chanson dont une grossière équivoque faisait tout le piquant, la fit à sa manière et la remit à Duni, puis partit pour la province, où des affaires d'intérêt devaient le retenir longtemps. Duni lut le livret, sentit qu'il ne valait rien, et que le musicien n'empêcherait pas le poëte d'être sifflé. Il chercha donc à engager Sedaine à revoir cette pièce et à la retoucher ; mais la chose était assez malaisée, Sedaine ayant choisi un musicien attitré, s'étant comme associé avec lui par un engagement tacite, et ne travaillant que pour Monsigny. Duni eut alors recours à la ruse pour amener Sedaine à corriger la pièce de Cazotte. Il lui dit un jour, à la Comédie, qu'il avait dans sa maison un escalier qui menaçait ruine, et le pria de lui donner quelque avis à ce sujet. Sedaine se rendit donc, comme architecte, chez le compositeur et examina l'escalier : Duni le retint à dîner. Au sortir de table, il se met au clavecin et chante, sans affectation, le premier air des *Sabots*. Sedaine le trouve joli et demande à voir la pièce ; il la déclare mauvaise, donne quelques avis, promet de diriger les travaux de l'escalier, qu'il faut reconstruire en entier, et revient au bout de quelques jours voir les ouvriers. Duni lui chante un autre air de sa partition ; Sedaine en change les paroles, corrige la première scène, et s'en retourne croyant n'être venu que pour l'escalier. Les visites de l'architecte se suivent, et à mesure que l'escalier se refait, la pièce se reforme d'un bout à l'autre, si bien qu'à la fin il ne restait plus qu'un seul air, le premier, qui fût de la façon de Cazotte. Sedaine se trouvait avoir fait, sans le savoir, une pièce nouvelle pour Duni, et celui-ci, tout heureux du succès de sa ruse, répétait en riant *qu'il lui en avait coûté un escalier pour avoir une paire de sabots*. Bien qu'on reconnaisse dans cette pièce la touche délicate de Sedaine, il s'en fallait bien qu'elle valût ses propres ouvrages, et le musicien, à part un air de Colin et une chanson de Babet, était resté au-dessous de lui-même. La reine avait une prédilection marquée pour ce vaudeville, et il n'y avait pas encore longtemps que Trial, Michu, Mmes Dugazon et Gontier étaient venus le chanter à la cour.

La reine et ses amis jouèrent vers la même époque *Isabelle et Gertrude* et *les Deux chasseurs et la laitière*, ainsi qu'il appert du mémoire présenté par le peintre Mazières, « pour peinture et décorations faites pour les spectacles de la reine à Trianon, pendant le quartier d'avril 1783. » Le premier numéro de cet état est ainsi conçu : « Avoir peint pour la pièce des *Sabots*, jouée par les seigneurs, à Trianon, un grand tertre de gazon orné de fleurs, posé au bas du cerisier, vaut 24 livres. » Suivent diverses mentions pour la même pièce, celle-ci entre autres qui montre que la reine surveillait elle-même les moindres apprêts du spectacle : « Peint pour la même pièce un autre arbre ordonné par la reine, le premier n'étant ni assez gros ni assez grand, vaut 60 livres. » Il y a encore divers travaux et raccords du même genre, exécutés pour *Isabelle et Gertrude*, et pour *les Chasseurs et la laitière* ; le mémoire entier s'élevait à 820 livres, que le sieur Houdon, réviseur attitré des états des fournisseurs, réduisit modérément à la somme de 737 livres [1]. Ces deux pièces étaient à peu près du même niveau littéraire et musical que les précédentes. Le vaudeville des *Deux chasseurs*, d'Anseaume et Duni, représenté aux Italiens en juillet 1763, était également insignifiant comme pièce et comme musique. Quant à la comédie de Favart, *Isabelle et Gertrude*, attribuée à tort à Voisenon, et imitée du conte de Voltaire, *l'Éducation des filles*, le succès qu'elle obtint à la Comédie-Italienne, en août 1765, était dû partie à son ton égrillard, partie au jeu de Mme Laruette, qui rendait le rôle d'Isabelle avec une naïveté charmante et une simplicité enchanteresse. Mais la musique était d'une faiblesse extrême : « Il n'y a rien à en dire, écrit Grimm, ce sont des chansons, de petits airs qui n'en méritent pas le nom ; et dès que M. Blaise veut s'élever au delà du couplet, il devient mauvais [2]. »

Nous venons de voir la reine présidant elle-même à la confection d'un décor, et faisant office de décorateur et de machiniste en chef; il en était de même pour toutes les parties de la représentation. Elle ne laissait à personne autre le soin de veiller aux menus détails de son théâtre ; elle en était la directrice souveraine et s'inquiétait des moindres incidents. Elle se montrait très-jalouse de cette autorité, et gardait sur ses plaisirs un gouvernement absolu, qu'elle exerçait d'ailleurs avec une douceur affectueuse. Cette simple phrase, extraite d'une lettre de la collection du comte Esterhazy, fait bien voir quelle susceptibilité elle montrait, dans les affaires théâtrales, vis-à-vis des puissants, quelle clémence vis-à-des faibles : « Mes petits spectacles de Trianon me paraissent devoir être exceptés des règles du service ordinaire. Quant à l'homme que vous tenez en prison pour le dégât commis, je vous demande de le faire relâcher... et puisque le roi a dit que c'est mon coupable, je lui fais grâce [3]. »

1. Archives nationales. Ancien régime. O1. 3,064.

2. Faut-il comprendre dans les rôles de la reine Nicette, de la *Chercheuse d'esprit?* M. Paul Lacroix, dans la préface de sa réédition du *Catalogue de la bibliothèque de Marie-Antoinette à Trianon*, dit : « Il y avait seulement quelques volumes brochés, entre autres *la Chercheuse d'esprit* de Favart. On sait que c'était un des rôles favoris de Marie-Antoinette, et l'on n'est pas surpris de rencontrer cinq exemplaires de cet opéra-comique qui fut représenté plusieurs fois, en présence du roi et de la cour, au petit Trianon. » Il est bien vrai que ce rôle de paysanne naïve et rusée, simple et coquette, devait tenter la reine, qui avait une prédilection marquée pour ces personnages ; il est donc possible que Marie-Antoinette ait voulu se montrer dans le rôle où Justine Favart avait laissé un souvenir ineffaçable. Toutefois, cette affirmation de M. Lacroix n'est confirmée par aucun écrit du temps.

3. *Catalogue des lettres autographes appartenant au comte Georges Esterhazy*. Paris, 1857.

V

Les spectacles intimes de Trianon, inaugurés avec entrain en un temps de bonheur sans nuages, avaient été comme frappés de langueur pendant toute l'année 1784. Ils se terminèrent subitement au mois d'août de l'année suivante; mais cette représentation isolée emprunte une importance capitale à la valeur, au genre de la pièce jouée, ainsi qu'aux tristes circonstances, aux présages menaçants qui entourèrent cette dernière fête. Le temps du séjour que la reine fit à Trianon, durant l'été de 1785, avait été presque tout employé en bals, et le journal du roi contient de nombreuses mentions de ces divertissements villageois dont la mode primait alors tous les autres : « La reine est partie avant-hier pour Trianon, où Sa Majesté demeurera jusqu'à la veille de Saint-Louis, écrit Métra à la date du 3 août. Ce voyage forme un bal presque continuel. Les seigneurs et dames de la cour y dansent sous une grande tente. Les différentes personnes de Versailles y sont admises, et ces parties sont aussi gaies que nombreuses. A l'imitation de ces bals, toutes les dames qui ont des maisons de campagne aux environs de Paris et de Versailles, donnent aussi des violons les dimanches et fêtes à leur voisinage. »

Mais il n'est si charmante distraction dont une femme ne vienne bien vite à se lasser. La reine désira bientôt se reposer un peu de la danse, et le souvenir de ses succès de théâtre lui revenant en mémoire, elle eut l'idée folle — fut-ce caprice de femme, vanité d'artiste ou bravade de reine? — de jouer en personne *le Barbier de Séville*. C'était la pièce la plus difficile qui fût à interpréter pour des comédiens amateurs, la plus dangereuse à représenter pour des grands du royaume, en un temps où les esprits surexcités par le triomphe du *Mariage de Figaro* semblaient, à chaque représentation du chef-d'œuvre de Beaumarchais, faire pièce à l'autorité royale et railler le souverain qui avait eu la faiblesse d'en permettre la représentation, après avoir déclaré que jamais pareil ouvrage ne serait joué.

Le Barbier n'était, en somme, que le prélude du *Mariage*, et la reine, en accordant à Beaumarchais cette faveur inespérée, semblait vouloir prendre parti pour le protégé du comte d'Artois contre le roi et montrer qu'elle dédaignait, comme impuissantes, les attaques des frondeurs et des mécontents : c'était un jeu dangereux, et qu'une femme seule pouvait risquer en riant. Mais ce caprice devint bientôt volonté. Les rôles furent distribués et les répétitions commencèrent sous la direction de Dazincourt, le célèbre acteur de la Comédie-Française, qui venait précisément d'obtenir un éclatant succès dans Figaro, de *la Folle journée*. C'est au milieu de ces joyeux préparatifs qu'éclata soudain le coup de foudre de l'affaire du collier. Les premières révélations de Bœhmer, les premiers avis de Campan frappent la reine à l'approche de la représentation. Une surprise si cruelle aurait pu l'abattre; ses efforts infructueux pour rompre les fils entre-croisés de cette intrigue, les suppositions chimériques et les craintes trop fondées auxquelles son esprit est en proie, auraient pu la détourner un instant de sa distraction favorite ; mais avec une sorte de coquetterie héroïque et de colère féminine, elle voulut tenir tête à l'orage et continua de diriger avec une ardeur fébrile les préparatifs de la fête.

La comédie qui se préparait à Trianon devait être précédée d'une tragédie à Versailles. Le 15 août, jour de l'Assomption, à onze heures du matin, le cardinal prince Louis de Rohan, grand aumônier de France, fut arrêté à Versailles par ordre du roi. Au moment où le prélat, revêtu de ses habits sacerdotaux, allait se rendre à l'autel, un aide-major des gardes, M. d'Agoust, alla le trouver dans ses appartements et lui signifia respectueusement la lettre de cachet dont il était porteur : le cardinal suivit l'officier. Celui-ci le fit monter dans une chaise de poste et le conduisit à son hôtel de Paris, où il entra avec lui, sans le quitter d'un pas. Cette arrestation d'un prince de l'Église, effectuée avec éclat un jour de fête solennelle, provoqua une émotion indescriptible. Les rumeurs qui circulaient permettaient bien de rattacher cette grave mesure à la mystérieuse affaire du collier; on racontait encore qu'avant de quitter Versailles, le baron de Breteuil s'était rendu à l'appartement du cardinal pour y rechercher de précieux papiers qu'il avait trouvés et emportés; on se répétait tout bas que le roi avait écrit une lettre au maréchal de Soubise, l'assurant qu'il n'était point question de crime d'État dans toute cette affaire... Mais on ne savait rien de plus ; les porteurs de nouvelles et les coureurs de ruelles ignoraient même ce qu'était devenu le cardinal depuis qu'il était rentré à son hôtel et si on l'avait conduit dans une autre prison [1].

Quatre jours après cette arrestation, au plus fort de l'étonnement général causé par ce coup de théâtre, la reine et ses amis avaient le courage de donner suite à leurs divertissements et représentaient *le Barbier de Séville* sans plus s'inquiéter de cette

1. Métra, *Correspondance secrète*, 16 et 17 août 1785.

grave affaire et de l'émoi qu'elle avait causé par tout le royaume. L'heure était bien mal choisie pour jouer la comédie. Si, — ce qui est probable après tout, — cette insouciance dédaigneuse n'était pas affectée chez la reine, si cette recherche de plaisirs et de fête en un pareil moment n'était pas calculée de sa part, il n'en est pas moins vrai que les apparences étaient contre elle et qu'elle avait tout l'air de vouloir braver l'opinion publique aux aguets. Cette représentation du *Barbier de Séville* à Trianon eut donc lieu le 19 août, — le roi l'a notée dans son journal manuscrit, — et, par surcroît de maladresse, elle fut donnée en présence de Beaumarchais, que la reine avait eu la généreuse pensée d'inviter, sans réfléchir qu'en appelant Beaumarchais à la cour, en le présentant au roi, elle semblait accuser encore ses sympathies pour l'auteur du *Mariage* contre son époux.

Grimm est le seul écrivain qui ait parlé un peu longuement de cette soirée, mais son approbation générale ne nous renseigne guère sur la façon de jouer d'aucun autre interprète que la reine. « Peu de jours après cette glorieuse reprise (du *Mariage de Figaro* à la Comédie-Française), *le Barbier de Séville* a été représenté sur le petit théâtre de Trianon, dans la société intime de la reine, et l'on a daigné accorder à l'auteur la faveur très-distinguée d'assister à cette représentation. C'était la reine elle-même qui jouait le rôle de Rosine ; M. le comte d'Artois, celui de Figaro ; M. de Vaudreuil, celui d'Almaviva. Les rôles de Bartholo et de Basile ont été rendus, le premier par M. le duc de Guiche, et le second par M. de Crussol. Le petit nombre des spectateurs admis à cette représentation y a trouvé un accord, un ensemble qu'il est bien rare de voir dans des pièces jouées par des acteurs de société ; on a remarqué surtout que la reine avait répandu dans la scène du quatrième acte une grâce et une vérité qui n'auraient pu manquer de faire applaudir avec transport l'actrice même la plus obscure[1]. »

« Nous tenons ces détails d'un juge sévère et délicat qu'aucune

1. Certaine anecdote du temps qui court encore les rues et qui a trait à cette représentation du *Barbier* est absolument controuvée. Quand la reine entra en scène, au second acte, dit l'anecdote, un violent coup de sifflet partit du fond d'une baignoire de face. Un officier de service se précipita dans l'intention de chasser l'insolent, et ne trouva dans la loge qu'un homme habillé de noir et les yeux couverts d'un chapeau rabattu. Il lui enleva ce chapeau et reconnut qui ? le roi. — Il est une raison majeure pour que cet incident soit faux, c'est que le spectacle ne commençait qu'après que le roi avait pris sa place attitrée. Nous ne dirons pas, comme M. d'Heylli, que « cette anecdote a été imaginée par ceux qui ont voulu, à tort, démontrer que la reine avait toujours été désapprouvée par le roi dans ses essais dramatiques,

prévention de cour n'aveugla jamais sur rien, » ajoute Grimm. On reconnaît ici l'adroit courtisan qui réunit dans un éloge banal tous les partenaires de la reine et n'accorde qu'à elle seule une louange particulière, observant ainsi jusque sur la scène les lois de l'étiquette et de la préséance royale. Il est assez croyable que Marie-Antoinette méritait cet éloge et qu'elle devait faire une charmante Rosine; mais elle eût été détestable que le critique gentilhomme l'aurait louée avec une égale déférence. Comment, dès lors, accorder le moindre crédit au jugement de Grimm[1]? Métra aurait pu donner son avis en toute franchise, mais il s'occupe peu de cette tentative dramatique et se contente de l'annoncer comme prochaine, à la date du 3 août. La seule observation que lui inspire cette nouvelle, rapprochée de la reprise récente à la Comédie du *Mariage de Figaro*, interrompu par les « caravanes » de Mlle Sainval cadette, est celle-ci : « Voici bien des triomphes à la fois pour M. de Beaumarchais! »

Cette représentation, donnée en très-petit comité, causa un étonnement bien naturel à Paris comme à Versailles, et dut être désapprouvée par les amis véritables de la famille royale, qui distinguaient le danger de pareilles distractions, sans peut-être oser le signaler tout haut. C'était vraiment chose curieuse que de voir tous ces grands s'amuser ainsi à leurs propres dépens et se jouer eux-mêmes en riant avec une témérité folle. C'était chose inouïe que d'entendre un prince du sang, le comte d'Artois, lancer avec verve ces ripostes ironiques de Figaro à Almaviva, ces répliques, demeurées célèbres, qui préparaient les attaques furieuses du *Mariage* et qui, sous une forme aigrement joyeuse, traduisaient la jalousie sourde, la révolte intérieure des petits contre les grands, du peuple contre la noblesse : « Oui, je vous reconnais; voilà les bontés familières dont vous m'avez toujours honoré... Je me crus trop heureux d'être oublié, persuadé qu'un grand nous fait assez de bien quand il ne nous fait pas de mal... Eh! mon Dieu, monseigneur, c'est qu'on veut qu'un pauvre soit sans défaut... Aux vertus qu'on exige dans un domestique, Votre Excellence connaît-elle beaucoup de maîtres qui fussent dignes d'être valets?... C'est faire à la fois le bien public et particulier : chef-d'œuvre de

de façon à la rendre seule responsable du mauvais effet que l'abus de ces nombreuses et diverses distractions produisait sur le public. » Mais il faut bien reconnaître que le roi, loin de les désapprouver, goûtait fort ces jeux de théâtre et encourageait la reine par ses bravos. Mercy-Argenteau avait dû, à plusieurs reprises, constater cette fâcheuse condescendance du roi.

1. *Correspondance littéraire*, septembre 1785.

morale, en vérité, monseigneur !... Peste ! comme l'utilité vous a bientôt rapproché les distances ! Parlez-moi des gens passionnés !... Fi donc ! tu as l'ivresse du peuple. — C'est la bonne ; c'est celle du plaisir ! » Cette insouciance téméraire ne rappelle-t-elle pas à la mémoire cette mordante saillie de la Guimard voyant les dames courir en foule à la Comédie pour la représentation des *Courtisanes* : « Je ne croyais pas qu'il fût si amusant de se voir pendre en effigie ! »

Telle fut la dernière tentative dramatique de la reine et de ses amis. Aussi bien Marie-Antoinette devait quitter à la fin du mois son cher Trianon, dont elle commençait à se désaffectionner, pour aller se fixer à Saint-Cloud dont elle venait de faire l'acquisition. Elle avait pris un plaisir d'enfant à orner cette nouvelle résidence, comme naguère Trianon, et elle y avait prodigué les décorations les plus charmantes, les arbres les plus rares, les fleurs les plus belles ; elle avait hâte enfin d'entrer dans ce nouvel Éden. Mais il y fallut reprendre les lois de l'étiquette qu'il faisait si bon de négliger dans les salons de Trianon, où la reine de France n'était plus qu'une châtelaine entourée de ses amies ; il fallut renoncer aussi à ces jeux de théâtre incompatibles avec le pompeux appareil et le rigoureux cérémonial de la cour. Il convient d'ajouter d'ailleurs que la belle ardeur des illustres comédiens s'était éteinte peu à peu, et qu'ils auraient sans doute trouvé très-ennuyeux de recommencer à jouer la comédie, d'apprendre des rôles, de suivre des répétitions, etc... Le plus surprenant était que leur passion du théâtre eût duré si longtemps.

La reine se plaisait beaucoup à Saint-Cloud, précisément pour la facilité qu'elle avait d'aller aux spectacles de Paris ; mais, à part cet avantage, ce séjour était fort peu agréable. Au bout d'un mois, le roi, dégoûté de cette nouvelle résidence, pressait l'époque du voyage à Fontainebleau et exprimait en termes très-crus le mécontentement que lui causait le voisinage de la capitale : « Je n'y ai encore vu, disait-il, que des croquants et des c..... [1] » Il n'était d'ailleurs pas seul à s'ennuyer, et la reine ayant dû organiser une fête pour rompre cette somnolence générale, quelque seigneur, sachant allier la franchise à la flatterie, affichait dans le parc un quatrain qui fut lu de tous et de tous approuvé :

> L'ennui peint sur chaque visage
> Faisait bâiller la cour, les spectateurs,
> On voit fuir la gaîté volage
> Quand les respects remplissent tous les cœurs [2].

1.-2. Métra, *Correspondance secrète*, 11, 17 août et 28 septembre 1785.

VI

A ne consulter que la date de la première représentation et celle de la dernière, le théâtre de la reine à Trianon aurait duré du 1er août 1780 au 19 août 1785, mais ce chiffre de cinq ans est illusoire. La troupe resta bien constituée pendant cette période et quelques répétitions de *raccord* suffisaient pour reprendre les représentations sur un signe de la reine, mais cette grande ferveur dramatique était traversée de longs temps d'indifférence. Au contraire de la troupe de Mme de Pompadour qui, six ans durant, joua régulièrement de cinq à six fois par mois, de novembre à la fin d'avril, la reine et ses amis ne reprenaient leurs exercices que quand le démon du théâtre les tourmentait. Ils se remettaient alors au travail avec une terrible ardeur, jusqu'au jour assez proche où ce beau feu s'éteignait. En résumé, le théâtre de Trianon ne compta pas, en cinq ans, plus de trois *saisons* importantes. Après la première, qui dura deux mois (août et septembre 1780) et à part quelques représentations accidentelles, il ne semble y avoir eu que deux séries régulières : à l'été de 1782 et à celui de 1783. La représentation finale du *Barbier* est absolument isolée.

La reine et ses amis ne virent jamais là qu'une distraction : s'ils se piquaient d'honneur dès qu'ils recommençaient de jouer, une fois le spectacle fini, ils n'y pensaient plus guère. Cette différence est importante à établir entre les deux troupes qui se disputèrent, à trente ans de distance, les suffrages de la cour de France, car elle explique la supériorité de celle qui tendait toujours à donner à ses jeux une plus grande importance littéraire ou musicale. La troupe de Mme de Pompadour l'emportait à tous les points de vue sur celle de Marie-Antoinette : pour l'organisation du théâtre, la sévérité du règlement, pour le talent des acteurs, pour l'importance et la valeur des pièces représentées. La troupe de la reine ne comptait guère qu'une dizaine d'artistes : Mme Élisabeth, la comtesse Diane de Polignac, la duchesse de Guiche, le comte d'Artois, le comte d'Adhémar, le comte de Vaudreuil, le duc de Guiche, M. de Crussol, le comte Esterhazy, qui jouaient à volonté l'opéra-comique et la comédie, en ne choisissant le plus souvent que des pièces assez faciles ; l'orchestre était très-restreint pour ne pas couvrir la petite voix des chanteurs, et il n'y avait pas de chœurs. Chez Mme de Pompadour, au contraire, la troupe était montée sur le pied d'un grand théâtre : orchestre, chœurs et corps de ballet très-nombreux; vingt artistes principaux au moins, deux troupes distinctes pour la comédie et l'opéra; quelques acteurs seulement jouant les deux répertoires; des chefs d'emploi et des doubles, de façon qu'un malaise n'interrompît pas les représentations; des débuts sévères, après lesquels l'artiste, même une dame, jugé insuffisant, se voyait retirer son rôle et était relégué dans les utilités; des congés et des rentrées,... enfin tout l'appareil et la sévère ordonnance d'un vrai théâtre.

Voilà par quelle discipline, par quel travail soutenu, des amateurs, dont quelques-uns étaient très-bons comédiens et d'autres habiles chanteurs, étaient arrivés à interpréter d'une façon presque remarquable les comédies les plus élevées, — voire même une tragédie, *Alzire*, — et les plus beaux opéras; les chefs-d'œuvre de Molière, Quinault, Gresset, Néricault-Destouches, Saint-Foix, Voltaire, La Chaussée, Dancourt, Dufresny, comme ceux de Lulli, Campra, Destouches, Mondonville, Rameau, etc.; tandis que Marie-Antoinette et ses amis ne se risquaient à jouer que des comédies de second ordre ou des opéras-comiques extrêmement simples, — et encore ne les rendaient-ils qu'assez imparfaitement. Au bout de six ans d'exercices, la troupe de Mme de Pompadour n'avait pas représenté moins de 18 comédies, 31 opéras et 10 ballets, soit 59 ouvrages, dont plusieurs avaient été donnés jusqu'à cinq et six fois; tandis que dans un temps égal, la troupe de la reine en avait joué tout au plus une vingtaine. Rappelons-les. Des comédies : *la Gageure imprévue*, *l'Anglais à Bordeaux*, *le Sage étourdi*, *les Fausses infidélités*, *le Barbier de Séville*; des opéras-comiques : *Rose et Colas*, *le Roi et le fermier*, *le Devin du village*, *le Sorcier*, *les Sabots*, *le Tonnelier*, *la Veillée villageoise*, *Isabelle et Gertrude*, *les Deux Chasseurs et la laitière*, *On ne s'avise jamais de tout*, sans doute *la Chercheuse d'esprit*, et peut-être quelques autres dont la mention a pu ne pas être conservée.

Ici se présente une question délicate. La reine fut-elle gravement coupable de céder à son goût des distractions frivoles, à sa passion pour le théâtre, d'aller jusqu'à paraître elle-même sur la scène à une époque où il était dangereux pour elle et les siens de montrer un tel besoin de divertissements et de plaisir? Il nous paraît juste de distinguer. Marie-Antoinette ne voulut jamais, par ses jeux de société, provoquer l'opinion publique, — la réserve qu'elle y apportait en est une preuve évidente, — mais elle semblait vouloir la provoquer, et le danger était le même. Elle ne fut que légère et imprudente, mais en un temps où la légèreté était une faute grave. En 1785, dans l'état de surexcitation extrême où étaient les esprits et de sourd malaise où se trouvait le royaume, au milieu de tant de présages d'un orage politique effroyable, l'épouse de Louis XVI ne pouvait pas, ne devait pas se permettre, même en petit comité et avec une dépense restreinte, les mêmes amusements que la favorite de Louis XV avait organisés naguère avec un luxe éblouissant, partant avec une perte énorme pour les finances de l'État. Trente ans écoulés avaient suffi pour doubler les divertissements d'un grave danger : la reine ne le vit pas.

Les plus chauds partisans de la royauté sont les premiers à juger très-sévèrement la passion de la reine pour les jeux de la scène. L'avocat Galart de Montjoie, l'un des plus zélés défenseurs de la cause royale pendant la Révolution, apprécie le talent de comédienne de la reine avec l'extrême rigueur d'un partisan, dont le dévouement jaloux voit dans ces divertissements dramatiques une cause de relâchement dans l'étiquette comme dans les mœurs. Il déplore amèrement de voir la reine fréquenter ainsi des comédiens, recevoir leurs conseils, jouer leurs personnages, et tellement aider par son auguste exemple à répandre cette fureur théâtrale, qu'on vit bientôt le garde des sceaux d'Espréménil, oubliant la dignité de ses fonctions, apprendre par cœur et jouer des rôles bouffons, dans des pièces comme *les Janots*. « La reine remplissait assez gauchement les rôles qu'elle adoptait ; elle ne pouvait guère l'ignorer, par le peu de plaisir que faisait sa manière de jouer. Quelqu'un osa même dire assez haut, un jour qu'elle se donnait ainsi en spectacle : *Il faut convenir que c'est royalement mal jouer*. Cette leçon fut perdue pour elle, parce que jamais elle ne sacrifiait à l'opinion d'autrui rien de ce qu'elle croyait indifférent en soi-même et devoir lui être permis.... Quand des personnes sages lui dirent que, tant par la trop grande modestie de ses vêtements, que par le genre de ses divertissements et son aversion pour l'éclat qui doit toujours accompagner une reine, elle se donnait une apparence de légèreté qu'une partie du public interprétait mal, elle répondait, comme Mme de Maintenon : « *Je suis sur le théâtre, il faut bien qu'on me siffle ou qu'on m'applaudisse*[1]. » Cette réponse, après tout, que la reine l'eût empruntée ou non à la veuve de Scarron, était celle d'une femme d'esprit.

Mieux aurait valu que Marie-Antoinette eût la répartie moins vive et plus de maturité d'esprit, plus de clairvoyance et de réflexion. Le ciel lui avait malheureusement refusé ces qualités si précieuses, si nécessaires dans le rang auquel sa naissance la destinait ; et

1. *Histoire de Marie-Antoinette*, in-8°, 1797.

elle eut le tort grave non-seulement de ne pas chercher à les acquérir, mais aussi de négliger les conseils de sa mère et de Mercy, qui s'efforçaient de tempérer sa légèreté par leur sagesse, de former sa jeunesse par les leçons de l'âge mûr et de suppléer à son ignorance de la vie et des hommes par leur propre expérience. Quel triste pressentiment sur l'avenir de sa fille devait agiter Marie-Thérèse lorsqu'elle écrivait à Mercy, en décembre 1777, ces lignes empreintes d'une douloureuse résignation : « Par l'un et l'autre de vos rapports je suis de plus en plus confirmée dans le sentiment que j'avais toujours du caractère de ma fille. Comme elle n'est guère susceptible de réflexion, la conviction ne saurait non plus opérer sur son esprit, quelque docile qu'elle paraît être à vos remontrances, qui sont d'abord effacées par son goût démesuré pour les dissipations et frivolités. Il n'y a peut-être que quelque revers sensible qui l'engageât à changer de conduite, mais n'est-il pas à craindre que ce changement n'arrive trop tard pour réparer les torts que ma fille continue à se faire par sa conduite inconséquente ?... » La clairvoyance de l'impératrice n'égale-t-elle pas ici sa tendresse maternelle, et sa sollicitude inquiète ne lui faisait-elle pas vaguement prévoir quelles cruelles déceptions étaient réservées à sa chère fille, après tant de plaisirs et de dissipation ? Lorsque celle-ci comprit enfin quels dangers elle courait, sa mère n'était plus là. Marie-Thérèse l'avait dit : le mal était irréparable.

PARIS. — TYPOGRAPHIE A. POUGIN, 13, QUAI VOLTAIRE. — 1976.

www.ingramcontent.com/pod-product-compliance
Ingram Content Group UK Ltd.
Pitfield, Milton Keynes, MK11 3LW, UK
UKHW012113240726
13965UKWH00004B/1747

9 782013 437912